루쉰문고 05 들풀

루쉰문고 05 들풀

초판 1쇄 발행 _ 2011년 7월 10일
초판 2쇄 발행 _ 2018년 5월 25일

지은이 루쉰 • **옮긴이** 한병곤

펴낸이 유재건 • **펴낸곳** (주)그린비출판사 • **신고번호** 제2017-000094호
주소 서울시 마포구 와우산로 180, 4층 • **전화** 702-2717 • **팩스** 703-0272

ISBN 978-89-7682-135-5 04820   978-89-7682-130-0 (세트)
이 도서의 국립중앙도서관 출판시도서목록(CIP)은 서지정보유통지원시스템 홈페이지(http://seoji.nl.go.
kr)와 국가자료공동목록시스템(http://www.nl.go.kr/kolisnet)에서 이용하실 수 있습니다. (CIP제어번호:
CIP2011002697)

들풀

野草

한병곤 옮김

gB
그린비

| 일러두기 |

1 이 책은 중국에서 출판된 『魯迅全集』 1981년판과 2005년판(이상 北京: 人民文学出版社) 등을 참조하여 우리말로 옮긴 책이다.

2 각 글 말미에 있는 주석은 기존의 국내외 연구성과를 두루 참조하여 옮긴이가 작성한 것이다.

3 단행본·전집·정기간행물·장편소설 등에는 겹낫표(『 』)를, 논문·기사·단편·영화·연극·공연·회화 등에는 낫표(「 」)를 사용했다.

4 외국의 인명이나 지명, 작품명은 〈국립국어원〉에서 펴낸 '외래어 표기법'에 근거해 표기했다. 단, 중국의 인명은 신해혁명(1911년) 때 생존 여부를 기준으로 현대인과 과거인으로 구분하여 현대인은 중국어음으로, 과거인은 한자음으로 표기했으며, 중국의 지명은 구분을 두지 않고 중국어음으로 표기하는 것을 원칙으로 했다.

들녘

『들풀』(野草)에는 루쉰이 1924년부터 1926년 사이에 쓴 산문시 23편이 실려 있다.
1927년 7월 상하이 베이신서국(北新書局)에서, 루쉰 자신이 편집한 '오합총서'(烏合
叢書) 중 하나로 초판이 나왔다. 생존 당시 12쇄를 찍었다.

제목에 부쳐[1]

침묵하고 있을 때 나는 충실함을 느낀다. 입을 열려고 하면 공허함을 느낀다.[2]

지난날의 생명은 벌써 죽었다. 나는 이 죽음을 크게 기뻐한다.[3] 이로써 일찍이 살아 있었음을 알기 때문이다. 죽은 생명은 벌써 썩었다. 나는 이 썩음을 크게 기뻐한다. 이로써 공허하지 않았음을 알기 때문이다.

생명의 흙이 땅 위에 버려졌으나 큰키나무는 나지 않고 들풀만 났다. 이것은 나의 허물이다.

들풀은 뿌리가 깊지 않고 꽃도 잎도 아름답지 않다. 그렇지만 이슬과 물, 오래된 주검[4]의 피와 살을 빨아들여 제각기 자신의 삶生存을 쟁취한다. 살아 있는 동안에도 짓밟히고 베일 것이다. 죽어서 썩을 때까지.

그러나 나는 평안하고, 기껍다. 나는 크게 웃고, 노래하리라.

나는 나의 들풀을 사랑한다. 그러나 나는 들풀을 장식으로 삼는 이 땅을 증오한다.[5]

땅불이 땅속에서 운행하며 치달린다. 용암이 터져 나오면 들풀과 큰키나무를 깡그리 태워 없앨 것이다. 그리하여 썩을 것도 없게 될 것이다.

그러나 나는 평안하고, 기껍다. 나는 크게 웃고, 노래하리라.

하늘 땅이 이렇듯 고요하니, 나는 크게 웃을 수도 노래할 수도 없다. 하늘 땅이 이렇듯 고요하지 않더라도, 마찬가지일지 모른다. 나는 이 들풀 무더기를, 밝음과 어둠, 삶과 죽음, 과거와 미래의 경계에서, 벗과 원수, 사람과 짐승, 사랑하는 이와 사랑하지 않는 사람 앞에, 증거 삼아 바치련다.

나 자신을 위해서, 벗과 원수, 사람과 짐승, 사랑하는 이와 사랑하지 않는 사람을 위해서, 나는 이 들풀이 죽고 썩는 날이 불같이 닥쳐오기를 바란다. 그러지 않는다면 나는 생존한 적이 없는 것으로 될 것이며, 이는 실로 죽는 것, 썩는 것보다 훨씬 불행한 일이기 때문이다.

가거라, 들풀이여, 나의 머리말과 함께!

1927년 4월 26일
광저우廣州 백운루白雲樓에서, 루쉰

주)______

1) 원제는 「題辭」, 1927년 7월 2일 베이징의 주간지 『위쓰』(語絲) 제138호에 처음 발표되었고, 나중에 『들풀』에 수록되었으나, 1931년 5월 상하이 베이신서국에서 제7판을

낼 때 국민당의 검열로 삭제되었다. 1941년 상하이 루쉰전집출판사가 『루쉰 30년집』 (魯迅三十年集)을 낼 때에야 다시 수록되었다.

이 글은 『들풀』 집필이 끝난 지 1년 뒤인 1927년 4월 26일 광저우(廣州)에서 썼다. 국민당이 상하이에서 '4·12 반공 정변'을 일으키고 광저우에서 '4·15 학살'을 저지른 지 얼마 되지 않은 때에 쓴 글로, 루쉰의 비분에 찬 심정이 반영되어 있다.

본 작품집에 수록된 23편의 산문시는 모두 베이양군벌(北洋軍閥) 통치하의 베이징에서 썼다. 1932년 루쉰은 이렇게 회고하였다. "나중에 『신청년』(新靑年) 그룹은 뿔뿔이 흩어졌다. 높이 오른 이가 있는가 하면 물러난 이, 나아가는 이가 있었다. 같은 진영의 동료들이 이렇게 달라질 수 있다는 것을 다시 한번 경험하였다. 그 사이에 내게는 '작가'라는 두함(頭銜)이 생겼다. 여전히 사막 가운데서 배회하였으나 이런저런 간행물에 글 쓰는 일을 면할 수 없었다. 내키는 대로 몇 마디 하는 식으로. 자그마한 감촉(感觸)이 있을 때면 짧막한 글을 쓰기도 하였는데 거창하게 말하자면 산문시라 할 것이다. 나중에 책자로 엮었고 『들풀』이라 이름하였다."(『남강북조집』, 「'자선집' 서문」) 또 1934년 10월 9일 샤오쥔(蕭軍)에게 쓴 편지에서 루쉰은 이렇게 말했다. "나의 그 『들풀』은 기술적으로는 결코 형편없지 않으나 심정이 너무 위축되어 있습니다. 그건 여러 번 난관에 부딪힌 뒤 썼기 때문입니다." 또 이렇게 말하기도 하였다. "그때 곧이곧대로 말하기 어려웠기에 때로 표현이 모호하였다."(『이심집』, 「『들풀』 영역본 머리말」)

2) 1927년 9월 23일, 루쉰이 광저우에서 쓴 「어떻게 쓸 것인가」(나중에 『삼한집』에 실림)에 이 같은 심정을 묘사한 구절이 보인다. "나는 돌난간에 기대어 먼 곳을 바라보며 마음의 소리를 들었다. 사방 먼 곳의 무량(無量)한 비애, 고뇌, 영락(零落), 사멸(死滅)이 이 정적 속으로 섞여 들어 색을 보태고 맛을 보태고 향기를 보태 그것을 약술로 만들어 놓은 듯하였다. 그때, 나는 글을 쓰려 하였으나 쓰지 못했다. 쓸 길이 없었다. '침묵하고 있을 때 나는 충실함을 느낀다. 입을 열려고 하면 공허함을 느낀다'고 한 게 바로 이것이다."

3) '크게 기뻐한다'의 원문은 '대환희'(大歡喜). 불교에서 쓰는 말이다. 해탈 뒤의 기쁨.

4) '오래된 주검'의 원문은 '진사인'(陳死人). 죽은 지 오래된 사람이라는 뜻이다.

5) 루쉰은 『들풀』 속의 작품이 "거개가 황폐한 지옥 가장자리에 핀 창백한 작은 꽃"이라 말한 바 있다(『이심집』, 「『들풀』 영역본 머리말」).

가을밤[1]

우리 집 뒤뜰에서는 담장 밖의 나무 두 그루가 보인다. 한 그루는 대추나무이고, 다른 한 그루도 대추나무이다.

그 위의 밤하늘이 괴이하고 높다. 나는 평생 이렇게 괴이하고 높은 하늘을 본 적이 없다. 인간 세상을 떠나 사람들이 더 이상 쳐다보지 못하게 하려는 듯하다. 그렇지만 지금은 아주 푸르며, 반짝반짝 몇십 개 별들의 눈, 차가운 눈을 깜박이고 있다. 그 입가에 미소가 비쳤다. 스스로 깊은 뜻이 담겨 있다 여기는 양. 그러면서 된서리를 내 뜰의 들꽃풀에 흩뿌린다.

나는 이 꽃풀들의 진짜 이름이 무엇인지, 사람들이 무슨 이름으로 부르는지 알지 못한다. 나는 아주 작은 분홍색 꽃이 피었던 것을 기억한다. 지금도 피어 있지만 꽃은 더 작아졌다. 분홍꽃은 차가운 밤기운 속에서 잔뜩 움츠린 채 꿈을 꾼다. 꿈에서 봄이 오는 것을 보았고, 가을이 오는 것을 보았고, 비쩍 여윈 시인이 제 맨 끄트머리 꽃잎

에 눈물을 훔치면서, 가을이 비록 닥칠 것이고 겨울이 비록 닥칠 것이
나, 그 뒤에 이어지는 것은 의연히 봄이어서, 나비가 풀풀 날고 꿀벌
이 봄노래를 부를 것이라 일러 주는 꿈을 꾸었다. 분홍꽃은 이에 웃음
지었다. 추위에 벌겋게 얼고 움츠린 채로.

대추나무, 그들은 잎이 다 지고 없다. 저번에 두세 아이가 남들이
따고 남은 대추를 떨러 왔지만, 지금은 한 톨도 남아 있지 않고, 이파
리도 다 지고 없다. 대추나무는 작은 분홍꽃의 꿈을 안다. 가을 뒤에
봄이 오리라는. 그는 낙엽의 꿈도 안다. 봄 뒤에 의연히 가을이 올 것
이라는. 잎이 다 져서 줄기만 남은 그는, 열매와 잎이 그득할 때 휘어
졌던 몸을 풀어 홀가분하게 기지개를 켜고 있다. 그런데, 가지 몇 개
는 아래로 드리워 [대추 따던] 간짓대에 다친 상처를 가리고 있었으
나, 가장 곧고 가장 긴 가지 몇 개는 괴이하고도 높은 하늘을 묵묵히
쇠처럼 곧추 찔러, 하늘로 하여금 음험한 눈을 깜박이게 하였으며, 하
늘의 둥근 달을 곧추 찔러, 달의 낯색을 창백하게 하였다.

음험한 눈을 깜박이는 하늘은 더욱 시퍼래졌다. 불안해했다. 마
치 인간 세상을 떠나 대추나무에서 벗어나려고 하는 듯하였다. 달만
남겨 두고서. 그러나 달도 슬그머니 동쪽으로 숨어들었다. 벌거벗은
대추나무[2]는 멱을 짚기로 작심을 한 양, 괴이하고 높은 하늘을 묵묵
히, 쇠처럼 곧추 찌르고 있었다. 상대가 고혹적인 눈을 오만가지로 깜
박이건 말건.

까악 소리를 내며 밤에 노는 흉조凶鳥가 지나갔다.

나는 문득 한밤의 웃음소리를 들었다. 클클대는 것이 잠든 사람

을 놀래지 않으려는 것 같았으나, 사방의 공기가 화답하여 웃는다. 깊은 밤이라 다른 사람은 없다. 나는 즉각 그 소리가 내 입에서 나온 것임을 알았다. 또한 즉각 그 웃음소리에 쫓겨 내 방으로 돌아왔다. 나는 즉각 등불 심지를 돋웠다.

뒤창의 유리에서 톡탁거리는 소리가 났다. 작은 날벌레들이 어지럽게 부딪치고 있었다. 얼마 지나지 않아 몇 마리가 들어왔다. 창호지 구멍 난 곳으로 들어왔을 게다. 방에 들어오자 그것들은 등피燈皮 유리에 부딪치며 톡탁거렸다. 한 마리가 위쪽으로 해서 들어가더니 불에 닿았다. 그 불은 진짜 불일 것이다. 두어 마리는 등피 종이에 내려앉아 숨을 돌리며 헐떡였다. 등피는 어제 저녁에 새로 바꾼 것이다. 새하얀 종이에 물결무늬를 접어 만든 자국이 있고 한쪽 귀퉁이에는 빨간 치자 그림도 그려져 있었다.

빨간 치자꽃3)이 필 때에 대추나무는 다시금 작은 분홍꽃의 꿈을 꾸면서 푸른 가지가 활처럼 휘어 있을 것이다.…… 또다시 한밤의 웃음소리가 들렸다. 나는 서둘러 생각의 실타래心緖를 끊고, 하얀 종이 등피 위에 지금껏 앉아 있는 작은 벌레를 보았다. 머리가 크고 꼬리가 작은 게 해바라기씨 비슷하고, 밀알 반 톨 크기로 온통 푸른 것이 귀엽고, 짠했다.

나는 하품을 한 번 하고 담배 한 대에 불을 붙여 연기를 뿜으면서, 등燈을 바라4) 이들 짙푸르고 정치精緻한 영웅들을 묵묵히 삼가 애도하였다.

1924년 9월 15일

주)______

1) 원제는 「秋夜」, 1924년 12월 1일 주간지 『위쓰』 제3호에 처음 발표되었다.

2) 원문은 '一無所有的干子'이다.

3) 치자(梔子)는 상록 관목으로 여름에 꽃이 핀다. 꽃은 보통 흰색이나 연노랑색이며 빨간 꽃이 피는 품종은 매우 드물다.

4) 향(向)하여.

그림자의 고별[1]

사람이 때가 어느 때인지 모르게 잠들어 있을 때 그림자가 다음과 같은 말로 작별을 고한다.

내가 싫어하는 것이 천당에 있으니, 나는 가지 않겠소. 내가 싫어하는 것이 지옥에 있으니, 나는 가지 않겠소. 내가 싫어하는 것이 미래의 황금세계에 있으니, 나는 가지 않겠소.

그런데 그대가, 내가 싫어하는 사람이오.

동무,[2] 나는 그대를 따르고 싶지 않소. 나는 머무르지 않으려오.

나는 원치 않소!

오호오호, 나는 원치 않소. 나는 차라리 무지無地[3]에서 방황하려 하오.

내 한낱 그림자에 지나지 않소만, 그대를 떠나 암흑 속에 가라앉으려 하오. 암흑은 나를 삼킬 것이나, 광명 역시 나를 사라지게 할 것이오.

그러나 나는 밝음과 어둠 사이에서 방황하고 싶지 않소. 나는 차라리 암흑 속에 가라앉겠소.

그렇지만 나는 결국 밝음과 어둠 사이에서 방황하게 되었소. 나는 지금이 황혼인지 여명인지 모르오. 내 잠시 거무스레한 손을 들어 술 한잔 비우는 시늉을 하리다. 나는 때가 어느 때인지 모를 때에 홀로 먼 길을 가려오.

오호오호, 만약 황혼이라면, 밤의 어둠이 절로 나를 침몰시킬 것이나, 그렇지 않다면 나는 낮의 밝음에 사라질 것이오, 만약 지금이 여명이라면.

동무, 때가 되어 가오.

나는 암흑을 향하여 무지無地에서 방황할 것이오.

그대는 아직도 나의 선물을 기대하오. 내가 그대에게 무얼 줄 수 있겠소? 없소이다. 설령 있다고 하여도 여전히 암흑과 공허일 뿐이오. 그러나, 나는 그저 암흑이기를 바라오. 어쩌면 그대의 대낮 속에서 사라질 나는 그저 공허이기를 바라오. 결코 그대의 마음자리를 차지하지 않도록.

나는 이러기를 바라오, 동무——

나 홀로 먼 길을 가오. 그대가 없음은 물론 다른 그림자도 암흑 속에는 없을 것이오. 내가 암흑 속에 가라앉을 때에, 세계가 온전히 나 자신에 속할 것이오.

1924년 9월 24일

1) 원제는 「影的告別」, 1924년 12월 8일 『위쓰』 제4호에 처음 발표되었다. 1925년 3월 18일 루쉰은 쉬광핑(許廣平)에게 보낸 편지에서 이렇게 말했다. "나의 작품은 너무 어둡소. 내가 늘 '암흑과 허무'만이 '실재'(實有)라 느끼고, 그러면서도 한사코 그것들을 상대로 절망적 항전을 하려 들기 때문일 것이오. 그러하기에 과격한 목소리가 많소. 사실 이것은 나이와 경력 때문일지 모르겠소. 어쩌면 확실하지 않을지도 모르겠소. 왜냐하면 나는 끝내 암흑과 허무만이 실재라는 것을 증명할 수 없었기 때문이오." (『먼 곳에서 온 편지』 제1집, 4)

2) 원문은 '朋友'. '동무'는 남북한에서 두루 쓰던 말이다.

3) '무지'(無地)는 '아무것도 없는 곳'이라고 옮긴 이도 있지만, '몸 둘 데가 없는 곳'이라는 뜻이다.

동냥치[1]

나는 낡고 높은 담장을 따라 길을 걷는다. 푸석푸석한 흙먼지를 밟으면서. 다른 몇 사람도 제각기 길을 간다. 산들바람이 일고 담장머리에 키 큰 나무 가지가 아직 시들지 않은 이파리를 지닌 채 머리 위에 흔들린다.

산들바람이 불고, 사방이 먼지이다.

한 아이가 내게 동냥을 한다. 겹옷도 입었고 불쌍해 보이지도 않는데, 앞을 막고 조아리고 뒤따르며 애걸한다.

나는 그의 말투와 몸짓이 싫었다. 그가 불쌍해 보이지 않는 게 장난인가 싶어 미웠다. 그가 따라붙으며 질질 짜는 것이 성가셨다. 나는 길을 걸었다. 다른 몇 사람도 제각기 길을 간다. 산들바람이 불고, 사방이 먼지이다.

한 아이가 내게 동냥을 한다. 겹옷도 입었고 불쌍해 보이지도 않았지만, 벙어리인지 손을 벌려 시늉을 했다. 나는 그의 손짓이 미웠다. 게다가 그가 벙어리가 아닐지도 모른다. 이게 그저 동냥하는 수법일 뿐이지 않을까.

나는 보시布施하지 않았다. 내게는 보시할 마음이 없다. 나는 그저 보시하는 이의 머리꼭대기에 앉아, 성가셔하고, 의심하고, 미워할 뿐이다.

나는 무너진 흙담을 따라 걸었다. 깨진 벽돌 조각이 담장 무너진 곳에 쌓여 있고, 담 안에는 아무것도 없다. 산들바람이 불어, 차가운 가을 기운이 내 겹옷을 뚫는다. 사방이 먼지이다.

나는 내가 앞으로 어떤 방법으로 동냥할까 생각하고 있었다. 말을 한다면 어떤 말투로? 벙어리 시늉을 한다면 어떤 모양새?⋯⋯

다른 몇 사람이 제각기 길을 간다.

나는 앞으로 다른 사람의 보시를 받지 못할 것이며 보시할 마음도 사지 못할 것이다. 나는 보시의 윗자리에 서 있다고 자처하는 사람들의 성가셔함, 의심, 미움을 살 것이다.

나는, 무위와 침묵으로 동냥하리라!⋯⋯

나는 적어도, 허무虛無는 얻을 것이다.

산들바람이 일고, 사방이 먼지이다. 다른 몇 사람이 각자 제 길을 간다.

먼지, 먼지,⋯⋯

⋯⋯

먼지⋯⋯

1924년 9월 24일

주)______

1) 원제는 「求乞者」, 1924년 12월 8일 『위쓰』 제4호에 처음 실렸다.

나의 실연
―옛것을 본뜬 신식의 통속시[1]

내 사랑하는 이가 산 중턱에 있네.

찾아가고 싶지만 산이 너무 높아,

고개 숙여 눈물로 옷을 적시네.

사랑하는 이가 내게 나비 무늬 수건[2]을 선물하였네.

그녀에게 무엇으로 답례했냐구? 부엉이.

그런 뒤로 나를 알은체하지 않네.

왜 그러는지 모르는 나는, 가슴이 철렁.

내 사랑하는 이가 저잣거리에 있네.

찾아가고 싶지만 사람이 너무 붐벼,

고개 들어 눈물로 귀를 적시네.

사랑하는 이가 내게 쌍雙 제비 그림을 주었네.

그녀에게 무엇으로 답례했냐구? 사탕꼬치.[3]

그런 뒤로 나를 알은체하지 않네.

왜 그러는지 모르는 나는, 머릿속이 멍.

내 사랑하는 이가 강가에 있네.

찾아가고 싶지만 물이 너무 깊어,

고개 삐닥여 눈물로 옷섶을 적시네.

사랑하는 이가 내게 금金 시곗줄을 주었네.

그녀에게 무엇으로 답례했냐구? 아스피린.

그런 뒤로 나를 알은체하지 않네.

왜 그러는지 모르는 나는, 신경 쇠약.

내 사랑하는 이가 호화주택에 있네.

찾아가고 싶지만 승용차가 없어,

고개 저으니 눈물이 삼대처럼 주룩주룩.

사랑하는 이가 내게 장미꽃을 주었네.

그녀에게 무엇으로 답례했냐구? 구렁이.

그런 뒤로 나를 알은체하지 않네.

왜 그러는지 몰라 나는, 알아서 하라지.[4]

1924년 10월 3일

주)______

1) 원제는 「我的失戀—擬古的新打油詩」, 1924년 12월 8일 『위쓰』 제4호에 처음 실렸다. 루쉰은 「『들풀』 영역본 머리말」에서 "당시 실연시가 유행하는 것을 풍자하느라 「나의 실연」을 썼다"고 했다. 「나와 '위쓰'의 관계」(『삼한집』)에서도 이 작품을 언급하면서 "통속시 세 연을 지어 '나의 실연'이라 제목 붙였다. 당시 '옴마, 나 죽어' 식의 실연시가 성행하는 것을 보고 장난삼아, '알아서 하라지'로 끝맺은 것을 썼던 거다. 나중에 한 연을 더 써서 『위쓰』에 실었다"고 하였다.

동한(東漢) 때 사람 장형(張衡)의 「사수시」(四愁詩; 시름에 겨워 1~4)는 네 수로 된 연작시이다. 그 첫 수 "我所思兮在太山, 欲往從之梁父艱. 側身東望涕沾翰. 美人贈我金錯刀, 何以報之英琼瑤. 路遠草致倚逍遙, 何爲怀憂心煩勞"에서 보듯 「사수시」는 네 수가 모두 "내 그리는 이가 ……에 있네. 찾아가고 싶지만……, 몸을 돌려 ……을 바라보는데 눈물이 ……을 적시네. 임께서 내게 ……을 주었네. 무엇으로 답례를 할까?……. 길이 멀어 …… 할 수 없으니, 어찌 ……만 근심하랴" 식으로 되어 있다. "옛것을 본뜬 신식의 통속시"에서 '옛것을 본떴다'(擬古) 함은 「나의 실연」이 「사수시」를 비틀어 쓴 것임을 말한 것이다. "통속시"라 번역한 것의 원문은 '타유시'(打油詩)이다. 당나라 사람 장타유(張打油)가 입말투의 글로 해학적·풍자적인 시를 많이 지은 데서 나온 말이다.

2) 원문은 '百蝶巾'이다. 나비 백 마리를 수놓은 수건이다.

3) 원문은 '氷糖壺盧'. 산사나무 열매 등에 설탕을 묻혀 만든 과자. 청나라 말 부찰돈숭(富察敦崇)이 엮은 『연경 세시기』(燕京歲時記)에 "포도, 감자, 해당화 열매, 넓은잎산사나무 열매 등을 대꼬챙이로 꿰어 빙탕(氷糖)을 묻혀 만든다. 달고 바삭하고 시원한 맛이 난다"고 하였다. '빙탕'은 얼음처럼 반투명한 덩어리로 된 설탕이다.

4) 이 작품 매 연의 제3행은 원문이 각각 "低頭無法淚沾袍", "仰頭無法淚沾耳", "歪頭無法淚沾襟", "搖頭無法淚如麻"로 장형의 「사수시」 각 연의 제3행 "側身東望涕沾翰", "側身南望涕沾襟", "側身西望涕沾裳", "側身北望涕沾巾"을 비튼 것이다.

복수[1]

사람의 살갗 두께가 반 푼이 채 되지 않을 것이다. 빨갛고 뜨거운 피가 그 밑, 담벼락 가득 겹겹으로 기어오르는 회화나무 자벌레[2] 떼보다 더 빼곡한 핏줄들을 따라 달리면서, 다스한 열기를 흩는다. 그래, 저마다 이 다스한 열기에 현혹되고 선동되고 이끌리고, 죽자 사자 기댈 곳을 희구하면서, 입을 맞추고, 보듬는다. 그럼으로써, 생명의 무겁고 달콤한 큰 환희大歡喜를 얻는다.

그런데, 날 선 칼이 한 번 치면, 복사꽃빛 얇은 살갗을 뚫고 빨갛고 뜨거운 피가 화살처럼, 모든 열기를, 살육자殺戮者에게 쏟아부을 것이다. 그런 뒤, 얼음장 같은 숨결, 핏기 없는 입술로 넋을 흔들어,[3] 살육자로 하여금, 생명 고양高揚 극치極致의 큰 환희를 얻게 할 것이며, 스스로는, 생명 고양 극치의 크낙한 환희 속에, 영원히 잠길 것이다.

이리하여, 그러하기에, 그 두 사람은 온몸을 발가벗은 채 비수를 들고 광막한 광야에 마주 섰다.

그 둘은 보듬을 것이고, 죽일 것이다……．

　행인들이 사방에서 달려온다. 겹겹이, 빼곡하게, 회화나무 자벌레 떼가 담벼락을 기어오르듯, 생선 대가리⁴⁾를 나르는 개미 떼처럼. 차림새는 멋들어지나 손이 비었다. 그렇지만, 사방에서 달려와서, 또한, 죽자 사자 목을 세워, 이 포옹 혹은 살육을 감상하자고 한다. 그들은 그런 일이 있은 뒤에 있을, 제 혓바닥의 땀 또는 피의 생생한 맛을 예감한다.

　그렇지만 그 둘은 마주 서 있다. 광막한 광야에서, 온몸을 발가벗고, 비수를 들었다. 그렇지만 보듬지도 죽이지도 않는다. 뿐이랴, 보듬을 생각도 죽일 생각도 있어 보이지 않다.

　그 둘은 그렇게 한없이 서 있다. 통통하던 몸집이 메말랐다. 그렇지만, 보듬을 생각도 죽일 생각도, 전혀 없어 보인다.

　행인들은 이리하여 무료함을 느꼈다. 무료함이 털구멍을 파고드는 듯하였다. 무료함이 심장에서 털구멍을 뚫고 나와 광야를 가득 메운 채 기어가서 다른 사람들 털구멍을 파고드는 듯하였다. 이리하여 그들은 목구멍이 마르고 목이 뻐근한 감을 느꼈다. 마침내 서로들 마주 보더니 서서히 흩어졌다. 메마른 나머지 흥미마저 잃었다.

　그리하여, 광막한 광야만 남았다. 두 사람은 그 가운데에서, 온몸을 발가벗은 채 비수를 들고 메마르게 서 있다. 죽은 사람 같은 눈빛으로, 행인들의 메마름⁵⁾을 감상한다. 피가 없는 대살육. 그러나 생명 고양 극치의 큰 환희에 한없이 잠겨든다.

1924년 12월 20일

주)______

1) 원제는 「復仇」, 1924년 12월 29일 『위쓰』 제7호에 처음 실렸다. 작자는 「『들풀』 영역본 머리말」에서 "사회에 구경꾼이 많은 것이 미워서 「복수」 첫 편을 지었다"고 하였다. 또 1934년 5월 16일 정전둬(鄭振鐸)에게 쓴 편지에서 이렇게 말했다. "내가 『들풀』에서, 사내 하나 계집 하나가 칼을 들고 광야에서 마주 서 있고 심심한 사람들이 앞을 다투어 모여드는 이야기를 쓴 적이 있습니다. 사람들은, 틀림없이 뭔가 일이 나서 자신들의 무료함을 달래 주리라 여겼겠지요. 그러나 두 사람은 그 뒤, 아무런 움직임도 없었습니다. 심심한 사람들을 계속 심심하게 한 것입니다, 늙어서 죽을 때까지. 그런 뜻에서 제목을 '복수'라 했습니다."

2) '회화나무 자벌레'는 원문이 '槐蠶'이다. 회화나무는 홰나무라고도 한다. 자벌레는 자벌레나방의 애벌레로 꽁무니를 머리 쪽에 갖다 댔다 떼었다를 반복하면서 움직인다.

3) '넋을 흔들어'의 원문은 '使之人性茫然'이다. 상대방의 감성과 이성을 혼란에 빠뜨린다는 뜻이다.

4) '생선 대가리'의 원문은 '鯗頭'이다. 중국 장쑤성(江蘇省)과 저장성(浙江省) 일대에서, 말린 생선을 '상'(鯗)이라 한다.

5) '메말랐다', '메마른', '메마름' 등으로 번역한 것의 원문은 '乾枯'이다. 물이 보타서 생기는 현상, 즉 샘이나 강, 못의 물이 말라붙는 것, 풀이나 나무가 말라 시드는 것, 사람의 피부가 수분이 없어서 꺼칠하고 푸석푸석하게 되는 것 등을 일컬을 수 있는 말이다.

복수(2)[1]

그는 스스로 신의 아들, 이스라엘의 왕[2]이라 여겼기에 십자가에 못 박혔다.

병사들이 그에게 자주색 옷을 입힌 뒤 가시로 왕관을 엮어 머리에 씌우고 경하慶賀하였다. 그리고는 갈대로 머리를 때리고 침을 뱉고 무릎 꿇고 절을 하였다. 실컷 놀리고 나서 그들은 자주색 옷을 벗기고 그의 옷을 도로 입혔다.[3]

보라, 저들이 그의 머리를 때리고 침을 뱉고 절을 한다…….

그는 몰약[4]을 탄 그 술을 마시려 하지 않았다. 이스라엘 사람들이 저희 신의 아들을 어떻게 대하는지 똑똑히 음미하기 위해서. 또한, 보다 오래도록 그들의 앞날을 가엾어하고, 그들의 현재를 증오하기 위해서.

사방이 온통 적의敵意였다. 가엾은, 저주스러운.

땅, 땅. 못 끝이 손바닥을 뚫었다. 그들은 자기네 신의 아들을 못 박아 죽이려 하는 것이다. 불쌍한 자들아. 이 생각이 그의 고통을 누그러뜨렸다. 땅, 땅. 못 끝이 발등을 뚫고 뼈를 바수자, 아픔이 사무쳤다. 그러나 그들은 신의 아들을 죽이고 있는 것이다. 저주받을 자들아. 이 생각이 그의 고통을 가라앉혔다.

십자가가 세워졌다. 그가 허공에 매달렸다.

그는 몰약을 탄 그 술을 마시려 하지 않았다. 이스라엘 사람들이 저희 신의 아들을 어떻게 대하는지 똑똑히 음미하기 위해서. 또한, 보다 오래도록 그들의 앞날을 가엾어하고, 그들의 현재를 증오하기 위해서.

행인들이 그를 모욕하였다. 제사장과 율법학자가 그를 놀렸다. 함께 못에 박힌 강도 둘도 그를 비웃었다.[5]

보라, 그와 함께 못 박힌…….

사방이 온통 적의敵意이다. 가엾은, 저주스러운.

손과 발의 아픔 속에서 그는, 가엾은 자들이 신의 아들을 못 박아 죽이는 슬픔과, 저주스런 자들이 신의 아들을 못 박아 죽이려 하고 신의 아들은 못에 박혀 죽는 환희를, 음미하였다. 홀연, 뼈를 바수는 큰 아픔이 사무쳤다. 그는, 큰 환희와 큰 슬픔에 달게, 무겁게, 빠져들었다.

그의 배가 떨렸다. 가엾어하고 저주하는, 아픔의 떨림이다.

온 땅이 어두워졌다.

"엘로이, 엘로이, 레마 사박타니?!"(나의 하느님, 나의 하느님, 어찌하여 나를 버리셨나이까?!)[6]

하느님은 그를 버렸고, 그는 결국 '사람의 아들'이었다. 그러나 이스라엘 사람들은 '사람의 아들'조차 못 박아 죽였다.

'사람의 아들'을 못 박아 죽인 사람들 몸에, '신의 아들'을 못 박아 죽인 것보다 더한 핏자국과 피비린내가 어리었다.

1924년 12월 20일

주)______

1) 원제는 「復仇(其二)」, 1924년 12월 29일 『위쓰』 제7호에 처음 발표되었다. 글 속에서 예수가 십자가에 못 박힌 일은 『신약전서』에 바탕하였다.

2) 「마르코의 복음서」(『신약전서』) 제15장에 따르면 "그들은 예수를 끌고 골고타라는 곳으로 갔다. 골고타는 해골산이라는 뜻이다. …… 그들은 예수를 십자가에 못 박았다. …… 예수의 죄목을 적은 명패에는 '유다인의 왕'이라고 씌어 있었다." 주석의 성서 번역은 대한성서공회가 2002년 가톨릭용으로 펴낸 『한영대조 성서』(공동번역 개정판)에 따랐다.

3) 예수가 십자가에 못 박힐 때의 정황은, 「마르코의 복음서」 제15장에 따르면 다음과 같다. "예수를 채찍질하게 한 다음 십자가형에 처하라고 내어 주었다. …… 병사들은 예수께 자주색 옷을 입히고 가시관을 엮어 머리에 씌운 다음 '유다인의 왕 만세!' 하고 외치면서 경례하였다. 또 갈대로 예수의 머리를 치고 침을 뱉으며 무릎을 꿇고 경배하였다. 이렇게 희롱한 뒤에 그 자주색 옷을 벗기고 예수의 옷을 도로 입혀서 십자가에 못 박으러 끌고 나갔다."

4) '몰약'(沒藥, myrrh)은 말약(末藥)이라고도 한다. 산스크리트어에서 음역한 말이다. 몰약 나무의 수액을 응고시킨 것으로 진정·마취 작용이 있다. 「마르코의 복음서」 제15장에 로마 병사가 몰약을 탄 술을 예수에게 건넸으나 예수가 받지 않았다는 기록이 있다.

5) 「마르코의 복음서」 제15장에 따르면 다음과 같다. "예수와 함께 강도 두 사람도 십자가형을 받았는데 하나는 그의 오른편에, 다른 하나는 왼편에 달렸다. 지나가던 사람들이 머리를 흔들며 '하하, 너는 성전을 헐고 사흘 안에 다시 짓는다더니 십자가에서 내려와 네 목숨이나 건져 보아라' 하며 모욕하였다. 대사제들과 율법학자들도 조롱하며 '남을 살리면서 자기는 살리지 못하는구나! 어디 이스라엘의 왕 그리스도가 지금 십자가에서 내려오나 보자. 그렇게만 한다면 우린들 안 믿을 수 있겠느냐?' 하고 서로 지껄였다. 예수와 함께 십자가에 달린 자들까지도 예수를 모욕하였다."

6) 예수가 죽기 전 정황을 「마르코의 복음서」 제15장은 다음과 같이 썼다. "낮 열두 시가 되자 온 땅이 어둠에 덮여 오후 세 시까지 계속되었다. 세 시에 예수께서 큰소리로 '엘로이, 엘로이, 레마 사박타니?' 하고 부르짖으셨다. 이 말씀은 '나의 하느님, 나의 하느님, 어찌하여 나를 버리셨나이까?'라는 뜻이다. …… 숨을 거두셨다."

희망[1]

나의 마음은 아주 적막하다.

그러나 나의 마음은, 평안하다. 애증愛憎이 없고 애락哀樂이 없고 색깔도 소리도 없다.

내가 늙은 게다. 희끗한 머리칼이 증거 아닌가? 내 떨리는 손이 증거 아닌가? 그렇다면, 내 영혼의 손도 떨리고 있을 것이며, 영혼의 머리칼도 희끗희끗할 것이다.

그러나 그것도 여러 해 된 일이다.

전에는 내 마음도 피비린내 나는 노랫소리로 가득하였다. 피와 쇠붙이, 화염과 독기, 회복恢復과 복수. 헌데 문득 이런 모든 것이 공허해졌다. 때로는, 하릴없이, 자기 기만적 희망으로 그것을 메우려 하였다. 희망, 희망, 이 희망의 방패로 공허 속 어둔 밤의 내습來襲에 항거하였다. 방패 뒤쪽도 공허 속의 어둔 밤이기는 마찬가지이건만. 그러나, 그런 식으로, 나는 내 청춘을 줄곧, 소진하고 있었다.[2]

내 어찌 나의 청춘이 벌써 흘러갔음을 몰랐겠는가? 그러나 나는 내 몸 밖의 청춘이 존재한다고 여겼다. 별, 달빛, 말라 죽은 나비, 어둠 속의 꽃, 부엉이의 불길한 예언, 소쩍새의 토혈吐血, 웃는 것의 막막함,[3] 사랑의 춤사위. …… 서글프고 덧없는 청춘일망정 청춘은 청춘이다.

그런데, 지금, 왜 이리 적막한가? 몸 밖의 청춘도 죄다 스러지고 세상 청년들이 죄 늙어지고 말았단 말인가?

나는 몸소 이 공허 속의 어둔 밤에 육박肉薄하는 수밖에 없다. 나는 희망이라는 방패를 내려놓고 페퇴피 샨도르[4]의 '희망'의 노래에 귀 기울였다.

희망이란 무엇인가? 창녀.

그는 누구에게나 웃음 짓고, 모든 것을 준다.

그대가 가장 큰 보물──

그대의 청춘을 바쳤을 때, 그는 그대를 버린다.

이 위대한 서정시인, 헝가리의 애국자가 조국을 위해 카자크[5] 병사의 창끝에 죽은 지 벌써 칠십오 년이 되었다. 애닯도다, 그의 죽음이여. 그러나 더 슬픈 것은 그의 시가 아직 죽지 않았다는 것이다.

그렇지만, 참혹한 인생이여! 페퇴피처럼 강단지고 용감한 사람도 어둔 밤을 마주하여 걸음 멈추고, 아득한 동쪽을 돌아보았다. 그는 말했다.

절망이 허망한 것은 희망과 마찬가지이다.

만약 내가 아직도 이 밝지도 어둡지도 않은 '허망' 속에서 목숨을 부지해야 한다면 나는, 여전히, 저 스러져 버린, 애닲고 아득한 청춘을 찾아야 하리라. 그것이 내 몸 밖의 것이어도 좋다. 몸 밖의 청춘이 소멸하면 내 몸 안 늘그막한 기운도 시들고 말 것이기에.

그렇지만 지금, 별도 없고 달도 없다. 말라 죽은 나비도, 웃는 것의 막막함도, 사랑의 춤사위도 없다. 그러나, 청년들은 평안하다.

나는 몸소 이 공허 속의 어둔 밤과 육박하는 수밖에 없다. 몸 밖에서 청춘을 찾지 못한다면 내 몸 안의 어둠이라도 몰아내야 한다. 그러나, 어둔 밤은 어디 있는가? 지금 별이 없고, 달빛이 없고, 막막한 웃음, 춤사위 치는 사랑도 없다. 청년들은 평안하고 내 앞에도, 참된 어둔 밤이 없다.

절망이 허망한 것은 희망과 마찬가지이다.

1925년 1월 1일

주)______

1) 원제는 「希望」, 1925년 1월 19일 『위쓰』 제10호에 처음 실렸다. 루쉰은 「『들풀』 영역본 머리말」에서 "청년들이 의기소침한 데 놀라 「희망」을 썼다" 하였다.

2) 「'자선집' 서문」(『남강북조집』)에서 작자는 이렇게 말했다. "신해혁명을 보고 2차혁명을 보고 위안스카이(袁世凱)의 칭제(稱帝), 장쉰(張勛)의 청조(淸朝) 복벽(復辟) 쿠데타를 보았다. 이런 것들을 보노라니 의심이 났고, 실망감에 맥이 풀렸다. …… 그러나 나는 나의 실망에 대해서도 의심을 하게 되었다. 내가 본 사람, 내가 본 사건들이 아주 유한(有限)하기 때문이다. 이 생각이 내게 붓을 들 힘을 주었다. '절망이 허망한 것은 희망과 마찬가지이다.'"

3) "웃는 것의 막막함"의 원문은 '笑的渺茫'이다. 기왕의 한국어 번역본은 이 구절을 "허망한 웃음"(외문출판사본), "웃음의 유현(幽玄)함"(일월서각본) 등으로 번역하였다. 둘 중 앞의 것이 낫다.

4) 페퇴피 샨도르(Petőfi Sándor, 1823~1849). 헝가리의 시인, 혁명가. 1848년 오스트리아의 지배에 저항하는 전쟁에 참여하였고, 1849년 오스트리아를 도운 러시아 군대와 싸우다가 희생되었다(세게슈바르Segesvár 전투, 1849. 7. 31). 『용사 야노시』(*János Vitéz*), 「민족의 노래」(*Nemzeti Dal*) 등을 썼다. 여기 인용된 「희망」(*Remény*)은 1845년 작.

5) '카자크'는 '코자크'라고도 한다. 터키 말로 '자유인' 또는 '용감한 사람'을 뜻한다. 봉건 압제를 견디다 못한 러시아의 일부 농노와 도시 빈민들이 15세기 후반에서 16세기 전반에 이르는 시기에 러시아 중부 지역에서 도망하여 러시아 남부의 쿠반 강, 돈 강 일대에 정착하였다. 스스로를 카자크라 일컬은 그들은 기병전에 능하여 제정(帝政) 시대에 다수가 군대에 편입되었다. 1849년 제정 러시아가 오스트리아를 도와 헝가리 혁명을 진압하였고 그때 카자크 군대가 동원되었다.

눈[1]

따뜻한 나라[2]의 비는 종래로 얼음처럼 차고 딱딱하고 눈부신 눈꽃으로 변한 적이 없다. 박식한 사람들은 그런 비를 단조롭다 여길 터이나 비 자신은 그걸 불행으로 여길까? 강남의 눈은 그지없이 촉촉하고 아리땁다. 그것은 어렴풋한 청춘의 소식이며, 아주 건장한 처녀의 살갗이다. 눈 내린 벌에 핏빛으로 붉은 보주 동백꽃이 있고, 새하얀 바탕에 푸른빛이 도는 홀꽃 매화가 있고, 샛노란 경쇠 주둥이 납매화가 있다.[3] 눈 밑에는 파랗게 언 잡초가 있다. 나비는 분명 없었다. 꿀벌이 동백꽃과 매화 꿀을 따러 왔는지는 기억이 확실치 않다. 하지만 내 눈에는 눈 내린 벌에 겨울 꽃이 피고 수많은 꿀벌들이 바삐 나는 게 보이는 듯하다. 그것들이 웅웅대는 소리가 들리는 듯하다.

　아이들 일고여덟이 빨갛게 얼어 보라색 생강 순처럼 된 조막손을 입김으로 녹이면서 눈사람을 만든다. 제대로 만들지 못하자 어느 아이의 아버지인가가 와서 도왔다. 눈사람은 애들 키보다 컸다. 비록

위는 작고 아래가 큰 눈무더기에 지나지 않아 사람 모양인지 조롱박 모양인지 알 수 없으나, 새하얗고 환한 것이 제 자신의 축축한 기氣와 어우러져 반짝반짝 빛났다. 아이들은 용안[4] 씨로 눈을 박아 넣고 뉘 집 엄마인가의 지분갑에서 몰래 가져온 연지로 입술을 그려 넣었다. 이렇게 해놓으니 확실히 커다란 아라한[5] 같았다. 형형한 눈빛, 붉은 입술로 눈밭에 앉아 있었다.

이튿날 몇몇 아이들이 방문하여 박수를 치고 절을 하고 낄낄대었다. 그러나 눈사람은 마침내 홀로 남았다. 맑은 낮에 살갗이 녹아내렸다가 추운 밤에 한 꺼풀 다시 얼어붙어 불투명한 수정 모양으로 되었다. 맑은 날이 계속되면 또 어떤 모습으로 될지 모른다. 입술연지도 색이 바랬다.

그렇지만 북방의 눈은, 흩날린 뒤에, 언제까지고 가루이고 모래이다. 그것은 결코 엉겨 붙는 법 없이 지붕 위에 땅 위에 마른 풀 위에 뿌려진다. 그뿐이다. 지붕 위의 눈은 일찍 녹는다. 지붕 아래 사람들이 피운 온기 때문에. 나머지 것들은, 맑은 하늘 아래 문득 부는 회오리바람에 기운차게 날아올라 햇빛 속에서 찬란하게 빛을 발한다. 불꽃을 담은 안개처럼 하늘 가득 회오리쳐 올라, 드넓은 하늘 또한 번뜩이며 날아오르게 한다.

가없는 광야, 살을 에는 하늘 아래서 반짝이며 회오리쳐 오르는 것은, 비의 정령精靈이다…….

그렇다, 그것은 고독한 눈, 죽은 비, 비의 정령이다.

1925년 1월 18일

주)______

1) 원제는 「雪」, 1925년 1월 26일 『위쓰』 제11호에 처음 실렸다.

2) 루쉰의 고향이 저장성 사오싱, 따뜻한 남쪽 나라이다.

3) '보주 동백꽃', '홑꽃 매화'의 원문은 각각 '寶珠山茶', '單瓣梅花'이다. '경쇠 주둥이 납매화'의 원문은 '磬口的蠟梅花', 경쇠의 주둥이(磬口)처럼 생긴 납매화라는 뜻이다. 경쇠는 절에서 예불할 때 흔드는 나무 손잡이가 달린 작은 종. 청대 진호자(陳淏子)의 『화경』(花鏡) 제3권에 따르면 납매화는 "둥근 꽃잎이 샛노랗고 생김새가 백매(白梅) 같으나, 활짝 피어도 반쯤 오므린 것처럼 보이므로 '경쇠 주둥이'라 하여 사람들이 진귀하게 여긴다."

4) 용안(龍眼). 과일 이름. 씨가 짙은 밤색으로 구슬처럼 생겨서 '용의 눈'이라 부른다. '둥근 눈알'(圓眼)이라고도 한다.

5) '아라한'(阿羅漢)은 소승불교에서 번뇌를 벗어난 승려를 일컫는 말이다. 줄여서 '나한'(羅漢)이라고도 한다. '눈사람'을 중국어로 '설인'(雪人) 또는 '설나한'(雪羅漢)이라 한다.

연[1]

베이징의 겨울. 땅에는 쌓인 눈이 남아 있고 헐벗은 나무가 맑은 하늘을 향해 거무튀튀한 가지를 벌리고 섰다. 그런데 먼 데에 연이 한둘 떠 있었다. 그것이 내게 놀랍고 서글펐다.

고향에서는 춘春 2월이 연 날리는 철이다. 싸르릉 하는 바람개비[2] 소리에 고개를 들면 옅은 먹빛 게연이나 연푸른색 지네연을 볼 수 있다. 또 외로운 방패연이 바람개비도 없이 나지막이 떠서 초췌하고 짠한 모습을 드러낸다. 그러나 그 무렵이면 버드나무는 벌써 싹이 터 있고 일찍 피는 소귀나무도 꽃망울을 머금어 아이들이 벌여 놓은 하늘 위의 장식들과 함께 봄날의 다스함을 연출한다. 그런데 나는, 어디에 있는가. 사방이 스산한 엄동嚴冬이건만, 오래전에 작별한 고향, 오래전에 흘러간 봄이 하늘에서 맴돌고 있다.

그러나 나는 연날리기를 좋아한 적이 없다. 좋아하기는커녕 역겨워했다. 싹수없는 아이놀음이라 여겼기 때문이다. 아우는 나와 달랐다. 그때 그는 열 살 안팎이었을 게다. 병치레가 잦아 비쩍 말랐던 그는 연을 최고로 좋아했지만, 연을 살 돈이 없었고 나 또한 허락하지 않았기에, 그는, 자그마한 입을 멍하니 벌리고 넋이 나가 하늘을 보는 수밖에 없었다. 어떤 때는 반나절을 그러고 있었다. 먼 곳의 게연이 곤두박질치면 깜짝 놀라서 소리쳤고, 방패연 둘이 얽혔던 게 풀리면 깡충깡충 뛰어 대며 좋아했다. 이런 것들이 내 보기에, 우습고 못났다.

　어느 날 문득 그를 오랫동안 보지 못했다는 생각이 들었다. 그가 뒤뜰에서 마른 댓가지를 줍던 걸 본 기억도 났다. 나는 크낙한 깨달음을 얻기라도 한 양, 잡동사니를 쌓아 둔, 거의 사람이 들지 않는 헛간으로 달려갔다. 문을 젖히니 아니나 다를까, 먼지 쌓인 집물 더미 속에 그가 있었다. 큰 걸상을 마주하여 작은 걸상에 앉아 있던 그가 황망히 일어섰다. 낯빛이 가신 채 잔뜩 움츠리고서. 큰 걸상 곁에 나비연의 뼈대가 아직 종이를 바르지 않은 채 비스듬히 놓여 있었고, 걸상 위에는 나비연의 두 눈을 만들 요량으로 붉은 종이를 길게 오려 꾸민 바람개비 두 개가 거진 다 만들어져 있었다. 나는 그의 음모를 파헤친 만족감을 느끼는 한편, 그가 내 눈을 속여 가면서, 이렇게까지 심혈을 기울여, 싹수없는 애들 노리개를 몰래 만들고 있던 데에 분노하였다. 나는 바로 나비의 두 날개를 부러뜨렸고 바람개비를 땅바닥에 동댕이치고 짓밟았다. 나이로 보나 힘으로 보나 그는 나의 적수가 못 되었다. 나는 당연히 완벽한 승리를 거뒀고, 꼿꼿한 걸음으로 곳간을 나섰다. 절망하여 서 있는 그를 곳간 안에 버려둔 채. 나중에 그가 어땠는

가는 알지 못한다. 알 바도 아니었다.

그러나 내게 마침내 징벌이 내려졌다. 우리가 헤어진 지 오래 뒤, 나는 이미 중년이었다. 불행히도 나는 우연찮게 어린이에 관한 외국 책을 한 권 읽었고, 그제서야 놀이가 어린이에게 가장 합당한 일이며 노리개는 어린이의 천사라는 것을 알았다. 그리하여 홀연 20년을 까맣게 잊고 있던 어린 시절의, 정신적 학살 장면이 눈앞에 펼쳐졌다. 내 심장은 금세 납덩어리로 변하여 무겁게, 무겁게 내려앉았다.

그런데 심장은 뚝 떨어져 버리지 않고 무겁게, 무겁게 내려앉기만 하였다.

나는 잘못을 바로잡을 방법을 알았다. 그에게 연을 선물하고, 그가 연 날리는 것을 찬성하고, 그에게 연을 날리라고 부추겨서, 함께 연을 날리는 것이다. 우리는 소리치고, 내닫고, 웃어 댄다. ──그렇지만 그때 그는 이미, 나처럼 수염이 나 있었다.

나는 다른 방법도 알고 있었다. 그에게 용서를 빌자. 그래서 그가 "저는 털끝만큼도 원망하지 않습니다" 하고 말한다면, 그런다면 내 마음은 가뿐해질 것이다. 이것은 확실히 현실성 있는 방법이었다. 언젠가, 다시 만났을 때, '삶'의 고단함으로 생긴 주름살이 우리 둘의 얼굴에 새겨져 있었다. 나는 마음이 무거웠다. 이래저래, 어릴 적 이야기가 나왔다. 나는 그때의 그 일을 말하였다. 철없던 때의 어리석은 짓이었다고. "저는 털끝만큼도 원망하지 않습니다." 그가 이렇게 말해 준다면 나는 용서받는 것이고 나의 마음도 홀가분해질 것이었다.

"그런 일이 있었어요?" 그가 놀랍다는 듯 웃으며 말했다. 곁에서

남의 이야기를 들은 것처럼. 그는, 아무 기억도 없었다.

깡그리 잊어서 털끝만 한 원한도 없는데, 용서고 뭐고 할 게 있겠는가? 원한 없는 용서는 거짓일 뿐이다.

그런 터에 무엇을 바랄 수 있겠는가? 나의 마음은 무겁기만 하였다.

지금, 고향의 봄이 이 타지他地의 하늘에서, 오래전에 가 버린 추억과 함께 가늠할 길 없는 비애를 내게 안겨 준다. 차라리 스산한 엄동 속으로 숨어 버릴까. ── 하지만 사방은 의심할 바 없는 엄동으로, 엄청난 서슬과 냉기를 뿜고 있다.

1925년 1월 24일

주)______

1) 원제는 「風箏」, 1925년 2월 2일 『위쓰』 제12호에 처음 실렸다.
2) '바람개비'(風輪)는 바람에 돌면서 소리 나도록 연에 만들어 붙이는 작은 바퀴이다.

아름다운 이야기[1]

등잔불이 잦아드는 게 석유가 바닥날 것을 예고하는 거다. 석유가 이름 없는 제품이어서 등피가 잔뜩 그을려 있다. 사방에서 폭죽소리가 울리고[2] 담배 연기가 방 안에 가득하다. 어둡게 가라앉은 밤이다.

나는 눈을 감고 몸을 젖혀 등받이에 기대었다. 『초학기』[3]를 쥔 손을 무릎에 올린 채.

나는 몽롱한 가운데 아름다운 이야기를 보았다.

아름답고 고상하고 재미있는 이야기였다. 여러 아름다운 사람과 아름다운 일이 하늘 가득 구름처럼 어우러졌고, 그것들이, 천만 톨 별처럼 날고 있었다. 한없이 퍼져 나가고 있었다.

내게 쪽배를 타고 산음도[4]를 지난 기억이 있는 듯하다. 양쪽 기슭에 오구나무며 막 심어 놓은 벼, 들꽃, 달, 강아지, 수풀, 그리고 말라 죽은 나무, 초가집, 탑, 절, 농사꾼과 시골 아낙, 널어놓은 빨래, 중, 삿갓, 하늘, 구름, 대나무……가 파하란 냇물에 그림자를 드리우고,

노를 저으면, 저마다 햇살에 반짝였다. 물속 풀과 물고기도 출렁였다. 그림자와 사물들 치고 흐트러지지 않은 게 없었다. 흔들흔들 커졌고, 합쳐졌고, 합쳐졌다가 졸아들어 본 모양으로 돌아갔다. 가장자리는 뭉게구름처럼 햇빛을 둘러, 수은水銀빛 불꽃이 일었다. 내가 지나 본 물길이 다 그러하였다.

지금 내가 본 이야기도 그와 같다. 물에 비친 하늘 자락, 모든 사물들이 그 위에 얽혀, 언제까지고 살아 움직이고, 언제까지고 펼쳐질 이야기를 엮어 내었다. 나는 이 이야기의 끝을 알지 못한다.

강가, 마른 버드나무 아래 껑충한 접시꽃 몇 그루는 시골 아낙이 심은 것일 게다. 빨갛고 알록달록한 접시꽃 그림자가 물에 비쳐 흔들리다가 홀연 산산이 흩어지고, 이내 가느다랗게 늘어나 연지臙脂를 푼 물처럼 되었다. 어지럽지 않게. 초가집, 강아지, 탑, 시골 아낙, 구름,……들도 물 위에 떠 움직였다. 다홍빛 붉은 접시꽃이 송이마다 늘어져 비치더니 팔딱이는 비단 띠로 되었다. 띠가 강아지와 얽히고, 강아지가 구름과 얽히고, 흰구름은 시골 아낙과 얽히고……. 한순간에 그것들은 다시 졸아들었다. 알록달록 붉은 접시꽃이 길게 늘어나 탑, 시골 아낙, 강아지, 초가집, 구름 속으로 얽혀 들었다.

지금, 내가 본 이야기가 또렷해졌다. 아름답고, 고상하고, 재미있고, 게다가 또렷하였다. 푸른 하늘 위, 수없이 많은 아름다운 사람, 아름다운 일들을 나는 낱낱이 보았고 낱낱이 안다.

나는 그것들을 눈여겨보려 하였다…….

나는, 막 그것들을 눈여겨보려는 순간, 깜짝 놀라 눈을 떴다. 구름이 눈살 찌푸린 채 뒤죽박죽이었다. 누군가가 강에 커다란 돌을 던졌는지 돌연 물살이 일어 물에 비친 그림자를 부숴 놓았다. 나는 무의식적으로 황급히, 방바닥으로 떨어지려던 『초학기』를 붙들었다. 눈앞에는 아직도 무지갯빛 그림자 조각이 어른거렸다.

나는 이 아름다운 이야기가 참 좋다. 그림자 자취들이 몇 조각 남아 있는 김에, 그것들을 되짚어서 온전하게 남겨 두고 싶었다. 그래 책을 내던지고 기지개를 켜며 붓을 들었으나, ── 조각난 그림자는 남아 있지 않고 어두침침한 등잔 불빛만 보일 뿐이다. 나는 쪽배를 타고 있지 않았다.

그렇지만 나는 이 아름다운 이야기를 본 것을 기억한다. 이 어둡게 가라앉은 밤에…….

1925년 2월 24일[5]

주)______

1) 원제는 「好的故事」, 1925년 2월 9일 『위쓰』 제13호에 처음 실렸다.

2) 중국에서는 설을 앞두고 폭죽을 터뜨리는 풍습이 있다.

3) 『초학기』(初學記)는 유서(類書; 여러 가지 책을 모아 사항에 따라 분류해서 검색에 편리하게 한 책)의 이름이다. 당대 서견(徐堅) 등이 여러 경서와 제자서, 역대의 시부(詩賦) 및 당나라 초의 작품들에서 집록(輯錄)하였다.

4) '산음도'(山陰道)는 루쉰의 고향 사오싱현(紹興縣)의 현성(縣城) 서남쪽 일대에 있는 풍광 좋은 곳이다.

5) 작품 말미에 써 놓은 날짜가 발표된 날보다 늦다. 착오가 있는 듯하다. 루쉰의 1925년 1월 28일자 일기에 "『들풀』 한 편을 쓰다"라 한 것이 이 작품을 가리키는 것으로 보아야 할 것이다.

길손[1]

때 : 어느 날 황혼 무렵.

곳 : 어느 곳.

나오는 사람들

늙은이 : 일흔 살가량, 흰머리, 검정색 긴 두루마기.

여자아이 : 열 살가량, 갈색 머리, 검은 눈동자, 흰 바탕에 검은색 격자무늬가 있는 긴 저고리.

길손 : 삼사십 살가량. 몹시 지쳐 있지만 고집 있어 보인다. 어두운 눈빛, 검은 수염, 흐트러진 머리카락, 너덜너덜한 검정색 몽당 바지저고리, 맨발에, 해진 신발. 겨드랑 아래 보퉁이를 끼고, 키 높이의 대지팡이를 짚었다.

동쪽은 몇 그루 잡목과 기와 조각, 서쪽은 퇴락한 무덤들, 그 사이로 길 같은 것의 흔적이 있다. 그 흔적 쪽으로 단칸 흙집의 문이 열려 있다. 문 옆에 나무 그루터기가 하나 있다.

(여자아이가 그루터기에 앉아 있는 늙은이를 부축하여 일으키려 한다.)

늙은이 애야. 애! 왜 가만히 있는 게냐?

여자아이 (동쪽을 보며) 누가 와요. 저걸 보세요.

늙은이 그럴 필요 없다. 집으로 들어가게 부축해 다오. 해가 지겠다.

여자아이 저는,──보세요.

늙은이 허, 애는! 날마다 하늘을 보고 땅을 보고 바람을 보면서 볼만한 게 아직 모자라느냐? 그것들보다 보기 좋은 것은 없단다. 굳이 무엇을 또 보겠다는 게냐. 해가 질 때 나타나는 것치고 네게 좋을 건 없다.······ 들어가자꾸나.

여자아이 그렇지만, 벌써 가까이 왔어요. 아, 거지네요.

늙은이 거지라고? 설마.

(길손이 동쪽 잡목 사이에서 비틀거리면서 걸어 나온다. 잠시 주저하다가, 늙은이에게 천천히 다가간다.)

길손 영감님, 안녕하십니까?

늙은이 아, 예! 덕분에. 안녕하시오?

길손 영감님, 대단히 죄송합니다만, 물을 한 잔 마실 수 있겠습니까? 걷다 보니 목이 너무 마릅니다. 여기엔 못도 웅덩이도 없어서요.

늙은이 음. 그럽시다. 앉으세요. (여자아이를 보며) 애야, 물을 떠 오너라. 그릇을 깨끗하게 씻어서.

(여자아이가 말없이 흙집으로 들어간다.)

늙은이 손님, 앉으시지요. 존함이 어찌 되십니까?

길손 이름요?──저도 모릅니다. 제가 기억을 할 수 있을 때부터 저는, 혼자였습니다. 제 본래 이름이 무엇인지, 저는 모릅니다. 길을 나선 뒤로 사람들이 되는대로 제 이름을 불렀지만, 가지각색이어서, 저도 기억이 또렷하지 않습니다. 매번 이름이 달랐습니다.

늙은이 허. 그렇다면, 어디서 오시는 길이오?

길손 (머뭇거리더니) 저도 모릅니다. 기억을 할 수 있을 때부터 저는, 이렇게 걷고 있었습니다.

늙은이 그렇군요. 그러면, 어디로 가시는 길인지, 물어봐도 되겠소?

길손 괜찮고 말고요. ──그렇지만, 저도 모릅니다. 기억을 할 수 있을 때부터 저는, 이렇게 걷고 있었습니다, 어디론가 가려고. 그곳은, 앞입니다. 먼 길을 걸었다는 것만 생각납니다. 지금 이곳에 와 있지요. 저는 인차 저 쪽 (서쪽을 가리키며) 앞쪽! 으로, 계속해서 걸어, 갈 것입니다.

(여자아이가 나무 그릇을 조심스레 받쳐 들고 나와, 건네준다.)

길손 (물그릇을 받으며) 고마워요, 아가씨. (두 입에 물을 다 마시고 그릇을 돌려준다.) 고마워요, 아가씨. 이렇게 고마울 데가. 정말이지 뭐라고 감사해야 할지 모르겠소!

늙은이 그렇게 감격해하지 마시오. 그건 댁에게도 좋을 게 없소.

길손 그렇습니다, 제게 좋을 게 없지요. 그렇지만 기력이 많이 회복되었습니다. 지금 길을 나서렵니다. 영감님, 영감님은 여기서 오래 사셨으니 앞쪽에 무엇이 있는지 아시겠지요?

늙은이 앞? 앞쪽은, 무덤[2]이오.

길손 (의아해하며) 무덤?

여자아이 아니에요, 아녜요. 거기에는 들백합[3] 들장미가 하고많아요.

제가 늘 놀러가는걸요. 그것들을 보려고요.

길손 (서쪽을 바라보며, 어슴푸레 미소 짓는다.) 그래. 거기에는 들백합과 들장미 꽃이 많지. 나도 놀러 가서 본 적이 있단다. 그렇지만 그건, 무덤이야. (늙은이에게) 영감님, 무덤 있는 데를 지나면 무엇이 있습니까?

늙은이 무덤 너머? 그건 나도 모르오. 가 본 적이 없으니까.

길손 모르신다구요?!

여자아이 저도 몰라요.

늙은이 나는 남쪽, 북쪽, 그리고 동쪽——당신이 이곳을 향해 출발한 곳만 알 뿐이오. 거기는 내가 가장 잘 아는 곳이지. 아마 당신네에게 가장 좋은 곳일 거요. 내가 말이 많다고 탓하지 마시오. 내 보아하니, 당신은 너무 지쳐 있소. 되돌아가는 편이 낫겠소. 나아간대도 끝까지 갈 수 있다는 보장도 없고.

길손 끝까지 가리라는 보장이 없다고요? …… (생각에 잠겼다가, 깜짝 놀란다.) 안 됩니다! 가야 합니다. 되돌아가 봤자 거기에는, 명분이 없는 곳이 없고, 지주가 없는 곳이 없으며, 추방과 감옥이 없는 곳이 없고, 겉에 바른 웃음이 없는 곳이 없고, 눈시울에 눈물 없는 곳이 없습니다. 저는 그것들을 증오합니다. 돌아가지 않을 겁니다.

늙은이 그건 아니지요. 마음에서 우러나서 눈물 흘리면서, 댁을 위해 슬퍼하는 이도 있는 것이오.

길손 아닙니다, 저는. 그 사람들이 마음에서 우러나는 눈물을 흘리는 것을 보고 싶지 않습니다. 그들이 저를 위해 슬퍼하는 것도 바라지 않습니다.

늙은이 그렇다면, 당신은, (고개를 저으며) 가는 수밖에 없겠소.

길손 그렇습니다. 저는 갈 수밖에 없습니다. 게다가 앞에서 저를 재촉하는 소리, 부르는 소리가 있습니다. 저를 멈추지 못하게 하는 소리가 있습니다. 제 발이 망가진 게 원망스럽습니다. 여러 군데를 다쳤고, 피를 많이 흘렸습니다. (한쪽 발을 들어 늙은이에게 보인다.) 그래서 저는, 피가 부족합니다. 피를 좀 마셔야 해요. 그렇지만 피가 어디 있습니까? 설령 누군가의 피가 있다고 하더라도 그 누가 되었건 저는 그 사람의 피를 마시고 싶지 않습니다. 물을 좀 마셔서 제 피를 보충하는 수밖에 없습니다. 걷다 보면 물은 있게 마련이라, 부족한 것은 없다고 느낍니다. 단지 기력이 부칩니다. 피가 묽어져서 그럴 겁니다. 오늘은 작은 웅덩이도 보지 못했는데, 길을 적게 걸어서 그럴 겁니다.

늙은이 꼭 그렇지만은 않을 거요. 해가 저물었는데 내 생각엔, 잠시 쉬는 게 낫겠소. 나처럼 말이오.

길손 하지만 저, 앞에서 부르는 소리가 절 보고 걸으라고 합니다.

늙은이 나도 아오.

길손 영감님이 아신다고요? 그 소리를 아십니까?

늙은이 그렇소. 나를 부른 적이 있었던 듯하오.

길손 그 소리가 지금 저를 부르는 이 소리입니까?

늙은이 그건 나도 모르오. 몇 차례 소리쳐 부르는 걸 모른 체하였더니 더는 부르지 않더군. 나도 또렷이 기억나지는 않소.

길손 으음, 모른 체한다……. (생각에 잠겼다가, 깜짝 놀라 귀 기울인다.) 아니야! 아무래도 가는 편이 낫습니다. 저는 멈출 수 없습니다.

두 발이 망가진 게 한이 됩니다. (떠날 채비를 한다.)

여자아이 받으세요! (헝겊 한 조각을 건네면서) 이걸로 다친 데를 싸매세요.

길손 고마워요, (건네받으면서) 아가씨. 참으로……. 이렇게 고마울 데가. 덕분에 훨씬 많이 걸을 수 있을 거요. (깨진 벽돌 위에 앉아 복사뼈를 싸매려다 말고) 그렇지만, 아니야! (힘을 다해 일어서면서) 아가씨, 돌려주리다. 너무 작아서 싸맬 수가 없어요. 이렇게 큰 호의를, 보답할 길도 없고.

늙은이 그렇게 고마워하지 마시오. 그건 댁에게도 좋지 않소.

길손 그렇습니다. 제게 좋을 게 없습니다. 그렇지만 제게는 이게 최상의 보시布施입니다. 보세요, 제가 온몸이 이렇듯.

늙은이 너무 고집부리지 마시오.

길손 그렇지요. 허나 저는 그럴 수 없습니다. 저는 제가 그렇게 될까 두렵습니다. 만약 누군가의 보시를 제가 받는다면, 저는 콘도르가 주검을 본 것처럼, 사방을 선회하면서 그 사람의 멸망을 친히 보거나, 그 사람 이외의 모든 것, 저 자신을 포함한 모든 것이 멸망하기를, 축원할 것입니다. 저도 저주받아 마땅하기에.[4] 그러나 저는 아직 그럴 힘이 없습니다. 설령 그럴 힘이 있더라도, 그 사람이 그런 처지에 빠지는 것은 바라지 않습니다. 그 사람들도 그런 처지에 놓일 것을 원치 않을 것이기 때문입니다. 저는, 그게 가장 온당하리라 봅니다. (여자아이에게) 아가씨, 이 헝겊이 참 좋지만 좀 작소. 돌려주리다.

여자아이 (두려워 뒷걸음치며) 싫어요! 가져가세요!

길손 (웃는 듯) 아, …… 내가 만져 놓아서?

여자아이 (고개를 끄덕이면서 보퉁이를 가리킨다.) 거기 담으세요.

길손 (풀이 죽어 물러서면서) 그렇지만 이걸 어떻게 지고 간담?

늙은이 쉬지 않고서는 지고 갈 수 없을 거요. ── 잠깐만 쉬면 괜찮을 거요.

길손 옳습니다. 쉬어야지요……. (말없이 생각에 잠겼다가, 바로 정신이 들어 귀 기울인다.) 아녜요, 안 됩니다! 저는 아무래도 가야 합니다.

늙은이 끝내 쉬고 싶지 않은 거요?

길손 쉬고 싶습니다.

늙은이 그렇담, 잠시 쉬시구려.

길손 그렇지만, 저는…….

늙은이 결국은 가는 편이 좋다는 거요?

길손 그렇습니다. 아무래도 가야 합니다.

늙은이 그렇다면, 가는 게 좋겠소.

길손 (허리를 펴며) 자, 이제 작별하렵니다. 두 분, 고맙습니다. (여자아이를 보며) 아가씨, 이것을 돌려주겠소. 받으시오.

(여자아이가 무서워 손을 빼면서 흙집 안으로 숨는다.)

늙은이 가지고 가시오. 너무 무거우면 언제라도 무덤에다 버리면 되고.

여자아이 (앞으로 나서며) 아, 그건 안 돼요!

길손 아, 그건 안 되지.

늙은이 그렇다면 들백합이나 들장미에 걸쳐 놓으시오.

여자아이 (손뼉을 치며) 하하! 그게 좋아요!

길손 음…….

(아주 짧은, 침묵.)

늙은이 그럼, 안녕히 가시오. 평안하시기를. (일어서서 여자아이를 바라) 애야, 나를 부축해라. 보아라, 벌써 해가 졌잖니? (몸을 돌려 문을 향한다.)

길손 두 분, 고맙습니다. 평안하시기를. (서성이며 생각에 빠졌다가 깜짝 놀라) 하지만 안 돼! 나는 가야 해. 아무래도 가는 게 옳아……. (즉시 고개를 들고, 힘차게 서쪽으로 걸어간다.)

(여자아이가 노인을 부축하여 흙집으로 들어서고, 바로 문이 닫힌다. 길손이 들판을 향해 비틀거리며 나아가고 밤빛이 그의 뒤를 따른다.)

1925년 3월 2일

주)______

1) 원제는 「過客」, 1925년 3월 9일 주간지 『위쓰』에 처음 실렸다.

2) 루쉰은 「『무덤』 뒤에 쓰다」에서 이렇게 말했다. "나는 다만 하나의 종점, 그것이 바로 무덤이라는 것만은 아주 확실하게 알고 있다. 하지만 이는 모두가 다 알고 있는 것이므로 누가 안내할 필요도 없다. 문제는 여기서 거기까지 가는 길에 달려 있다. 그 길은 물론 하나일 수 없는데, 비록 지금도 가끔 찾고 있지만 나는 정말 어느 길이 좋은지 알지 못하고 있다."

3) '들백합'의 원문은 '野百合'이다. 백합속(屬) 야생 초본류의 총칭으로 종류가 매우 많다. 그중 우리말로 활나물, 야백합이라 부르는 것은 7~9월에 꽃이 핀다.

4) 루쉰은 이 글을 쓴 뒤 얼마 지나지 않아 쉬광핑에게 다음과 같은 서신을 보냈다. "나와 관련된 사람이 살아 있으면 오히려 마음이 놓이지 않습니다. 죽으면, 마음이 놓입니다. 이런 생각은 「길손」에서도 말한 바 있습니다."(『먼 곳에서 온 편지』 제1집, 24)

죽은 불[1]

나는 내가 얼음산 사이를 달리는 꿈을 꾸었다.

그것은 거대한 얼음산이었다. 위로 얼음하늘과 맞닿았으며 하늘에는 비늘 같은 얼음구름이 가득하였다. 산기슭에 얼음숲이 있고 나뭇잎들은 모두 바늘 모양이다. 모든 것이 차갑고 모든 것이 희푸릇하였다.

나는 갑자기 얼음골짜기에 떨어졌다.

위아래 사방이 온통 차갑고 희푸릇하지 않은 게 없었다. 그런데 희푸르스름한 얼음 위에 빨간 그림자가 무수히, 산호珊瑚 그물처럼 얽혀 있었다. 나는 발밑을 굽어보았다. 불꽃이 있었다.

그것은 죽은 불이었다. 불꽃의 형태만 있을 뿐 움직임은 전혀 없었다. 온통 얼어붙어 산호초 같았다. 끄트머리에는 얼어붙은 검은 연기도 있었다. 막 화택[2]에서 나와서, 그래서 바짝 그을려 있나 싶다. 이것이 사방 얼음벽에 비치고 반사되어 수없이 많은 그림자를 만들어

냄으로써 이 얼음골짜기를 산호색으로 만들어 놓았다.

하하!

어릴 적에 나는 쾌속정이 일으키는 물보라와, 용광로가 뿜는 불꽃을 보기 좋아하였다. 그저 좋아하는 데에 그치지 않고, 똑똑히 보아 두고 싶었다. 안타깝게도 그것들은 변화무상해서 정해진 생김새가 없었다. 뚫어지게 보고 또 보았건만 일정한 자취를 남기지 않았다.

죽은 불꽃, 이제 너를 얻었구나!

나는 죽은 불을 주워 들었다. 꼼꼼히 보려 하니 찬 기운에 손가락이 타는 듯하였다. 그렇지만 나는 아픔을 참으면서 그것을 주머니에 넣었다. 얼음골짜기 사방이 바로 희푸르르해졌다. 나는 얼음골짜기를 빠져나갈 방법을 생각하였다.

나의 몸에서 검은 연기가 한 올, 쇠실뱀[3]처럼 피어올랐다. 얼음골짜기 사방이 즉시, 빨간 불꽃이 너울대며 불구덩이[4]처럼 나를 에워쌌다. 고개 숙여 바라보니, 죽은 불이 타고 있었다. 내 옷을 뚫고 나와 얼음바닥에 흘렀다.

"오, 동무! 동무가 몸의 온기溫氣로 나를 깨워 주었소." 그가 말했다.

나는 얼른 알은체하면서 그의 이름을 물었다.

"사람들이 나를 얼음골짜기에 버렸소." 그가 엉뚱한 대답을 했다. "나를 버린 사람들은 오래전에 죽고 없소. 나도 얼어서 죽을 지경이었소. 만약 동무가 내게 온기를 주지 않았다면, 그래 다시 타오를 수 없었다면, 나는 얼마 안 있어 죽어 없어질 참이었소."

"당신이 깨어났다니, 나도 기쁘오. 나는 지금 얼음골짜기를 벗어날 길을 생각 중이오. 나는 당신을 가지고 갈까 하는데. 당신이 다시는 얼어붙지 않고 언제까지고 활활 탈 수 있도록."

"아! 그러면 나는, 타서 없어지고 마오!"

"당신이 타 없어진다면 안타까운 일이지요. 그럼 당신을 남겨 두리다. 여기에 남아 있으시오."

"아! 그럼 나는, 얼어 죽고 말 것이오!"

"그렇다면, 어찌하리까?"

"그런데 당신은, 어찌하려오?" 그가 반문하였다.

"내 말하지 않았소. 나는 이 얼음골짜기에서 나가려 하오……."

"그럼 나는, 차라리 타 버릴까!"

그가 갑자기 뛰어올랐다. 마치 별똥별처럼, 나를 데리고 얼음골짜기 구멍 밖으로 나왔다. 돌연 커다란 돌수레가 달려들었다. 나는 바퀴에 깔려 죽고 말았다. 그러나 수레가 얼음골짜기로 떨어지는 것은 볼 수 있었다.

"하하! 너희가 다시는 죽은 불을 볼 수 없을 것이다!" 나는 의기양양 웃으면서 말했다. 마치 그렇게 되기를 바랐던 것처럼.

1925년 4월 23일

주)______

1) 원제는 「死火」, 1925년 5월 4일 『위쓰』에 처음 실렸다.

2) 화택(火宅). 불교 용어이다. 『법화경』(法華經) 「비유품」(譬喩品)에 다음과 같은 말이
   있다. "3계(여기서는 욕계·색계·무색계, 널리 세계를 가리킨다)는 불붙은 집과 같이 평
   안치 않다. 여러 괴로움으로 가득하여 무시무시하다. 언제나 생로병사의 근심이 있고
   이런 불길들은 꺼지지 않고 타오른다." 요컨대 불에 타고 있는 집이라는 뜻으로, 번뇌
   와 고통이 가득한 이 세상을 이르는 말이다.

3) 쇠실뱀(鐵線蛇). 장님뱀(盲蛇)이라고도 한다. 독이 없고 지렁이처럼 생겼다. 중국에서
   가장 작은 종류의 뱀이다.

4) 불구덩이(火聚). 불교 용어. 사나운 불길이 몰려드는 곳.

개의 힐난[1]

나는 내가 좁은 골목길을 가는 꿈을 꾸었다. 너덜너덜한 옷 하며 신발이 영락없는 거지였다.

개 한 마리가 등 뒤에서 짖었다.

내가 오만하게 돌아보며 꾸짖었다.

"야! 닥쳐! 권 믿고 유세하는 개새끼!"

"헤헤!" 개가 웃더니 말을 이었다. "천만에. 나는 사람만 못한 게 부끄러운걸."

"뭐라고!?" 나는 분개했다. 그건 극단적인 모욕이었다.

"나는 부끄러워. 아무리 해도 구리와 은[2]을 구별할 줄 모르겠고, 무명과 비단을 구별할 줄 모르겠고, 관리와 백성, 주인과 노예,……를 구별할 줄 모르겠으니 말이야."

나는 달아났다.

"잠깐! 우리 얘기 좀 하지……." 개가 뒤에서 큰소리로 붙들었다.

나는 냅다 달아났다. 힘을 다해 달렸다. 꿈결에서 벗어날 때까지 나는, 침대 위에 누워 있었다.

1925년 4월 23일

주)______

1) 원제는 「狗的駁詰」, 1925년 5월 4일 『위쓰』에 처음 실렸다.
2) '구리'와 '은'은 돈을 뜻한다.

잃어버린 좋은 지옥[1]

나는 내가 침대에 누워 있는 꿈을 꾸었다. 황량한 벌판, 지옥 가장자리였다. 모든[2] 귀신鬼魂들이 울부짖는 소리가 나지막하나 질서 있었다. 그것들은, 포효하는 불꽃, 들끓는 기름, 흔들리는 삼지창과 어우러져 마음을 취하게 하는 크낙한 음악[3]을 이루면서 삼계[4]에, '지하地下 태평'을 알리고 있었다.

한 위대한 남자가 내 앞에 섰다. 아름답고 자비롭고 온몸에 환한 빛大光輝이 서렸다. 그러나 나는 그가 마귀임을 알았다.

"모든 것이 끝장이다, 모든 게 끝장났어! 불쌍한 귀신들이 그 좋은 지옥을 잃고 말았다!" 그가 비분悲憤하여 말하더니 자리에 앉아 자기가 알고 있는 이야기를 들려주었다——

"하늘과 땅이 꿀빛일 때가, 마귀가 천신天神을 물리치고 모든 것을 주재하는 큰 권위를 장악한 때였다. 그는 천국을 손에 넣고 인간 세상을 손에 넣고 지옥도 손에 넣었다. 그는 몸소 지옥에 임하였다. 그곳 한가운데에 앉아 온몸의 환한 빛으로 모든 귀신 무리一切鬼衆를 비추었다.

  "지옥은 기강이 풀린 지 오래였다. 칼나무5)가 빛을 잃고, 기름 가마가 들끓지 않게 된 지 오래되었고, 불구덩이에서도 어쩌다 냉갈만 피어올랐다. 먼 데에 만다라꽃이 봉오리를 틔웠는데 작디작은 꽃떨기가 파리하고 애잔했다. ——그도 그럴 것이, 온 땅이 불에 타 버려서 기름기라곤 없었기 때문이다.

  "귀신들이 식어 버린 기름, 미지근한 불구덩에서 깨어나, 마귀가 비추는 빛살 속에서 지옥의 작은 꽃을 보았다. 파리하고 애잔한 꽃에 크게 미혹되어, 돌연, 인간 세상을 떠올렸다. 묵상黙想에 잠겨 몇 해가 지났을까, 그들은 마침내 인간 세상을 향하여, 일제히, 지옥에 반대하는 절규를 했다.

  "인류가 그 소리에 떨쳐 일어났다. 그들은 정의를 위해서 마귀와 싸웠다. 우렛소리보다 훨씬 큰 전투의 함성이 삼계에 가득 찼다. 커다란 계략과 커다란 그물을 펼쳐 마침내 마귀를 지옥에서 몰아냈다. 마지막 승리를 거두자, 지옥문에 인류의 깃발이 꽂혔다.

  "귀신들이 일제히 환호할 때에 지옥을 다스릴 인류의 사자使者가 도착하였다. 한가운데에 앉은 그는, 인류의 위엄으로, 모든 귀신 무리에게 호통을 쳤다.

  "귀신들이 또다시 지옥에 반대하는 절규를 했을 때, 그들은 이미 인류의 반역도叛徒로 되어 있었다. 그들은 칼나무 숲 한가운데로 옮겨져 영겁永劫토록 헤어날 길 없는 형벌에 처해졌다.

"인류는 이리하여, 지옥의 대권을 완벽하게 틀어쥐었다. 그 위세가 마귀 이상이었다. 인류는 풀어진 기강을 바로세웠다. 맨 먼저 소머리 아방6)에게 가장 많은 풀을 녹봉祿俸으로 주어, 장작을 보태 불길을 키우고, 숫돌로 칼산의 날을 세우게 하여 지옥의 전체 면모를 바꾸었다. 매가리 없던 예전 기상을 쇄신하였다.

"만다라꽃이 바로 시들었다. 기름이 하나같이 들끓고, 칼날이 하나같이 날카롭고, 불길이 하나같이 사나웠다. 귀신들은 하나같이 신음하고, 하나같이 부대끼다 보니 잃어버린 좋은 지옥을 떠올릴 겨를이 없었다.

"이것은 인류의 성공이고, 귀신의 불행이다…….

"동무, 그대는 내 말을 의심하고 있군. 그래, 그대는 사람이니까! 나는 잠시 들짐승과 악귀들을 보러 가려네…….

1925년 6월 16일

주)______

1) 원제는 「失掉的好地獄」, 1925년 6월 22일 주간지 『위쓰』 제32호에 처음 발표되었다. 루쉰은 「『들풀』 영역본 머리말」에서 이렇게 말한 바 있다. "그러나 이 지옥 역시 잃어버려야 했다. 이는 언변이 뛰어나고 악랄한, 당시에는 아직 뜻을 이루지 못하고 있던 영웅들의 낯빛과 말씨가 내게 일깨워 준 바이다. 이에 「잃어버린 좋은 지옥」을 지었다." 이 작품을 쓰기 한 달 남짓 전, 루쉰은 신해혁명 뒤 군벌 간의 세력 다툼이 민중에

게 초래한 재난을 다음과 같이 개괄했다. "신이라 일컬어지는 것과 마귀라 일컬어지는 것이 싸우는데 천국을 차지하기 위해서가 아니라 지옥의 통치권을 손에 넣기 위해서였다. 그런 까닭에 승자가 누구냐에 관계없이 지옥은 지옥일 수밖에 없다."(『집외집』,「잡어」雜語)

2) 이 작품에는 한역(漢譯) 불경(佛經)에서 따온 어휘가 많다. "모든/모든 것"의 원문은 '一切'(일체)이다.

3) "마음을 취하게 하는 크낙한 음악"의 원문은 '醉心的大樂'이다. 번역문의 "큰/크낙한"은 뒤에 나올 "큰 권위"(大威權), "큰 불구덩이"(大火聚)에서 그런 것과 마찬가지로 루쉰이 불경의 글투를 본떠 쓴 '大' 자에 상응한다.

4) 여기서 삼계(三界)는 천당, 인간 세상, 지옥을 가리킨다. 샤머니즘의 기본 관념이다.

5) '칼나무'의 원문은 '劍樹'. 불교에서 말하는 지옥의 형벌이다. 『태평광기』(太平廣記) 제382권에 『명보습유』(冥報拾遺)를 인용한 다음과 같은 말이 보인다. "세번째 문을 들어서니 확탕(鑊湯;죄인을 삶는 가마솥물)과 도산검수(刀山劍樹)가 있었다."

6) '소머리 아방'의 원문은 '牛首阿旁'. 불교 전설 속의, 지옥에 있는 소의 머리에 사람 몸을 한 귀졸(鬼卒). 동진(東晉) 때 현무란(縣無蘭)이 번역한 『오고장구경』(五苦章句經)에 다음과 같은 말이 있다. "옥졸의 이름은 아방(阿傍)으로, 소의 머리에 사람 손을 하였다. 두 발은 소발굽인데 산을 들어 옮길 정도로 힘이 세며, 강철 쇠스랑을 지녔다."

빗돌 글[1]

나는 내가 빗돌을 바라 서서 거기 새긴 글을 읽는 꿈을 꾸었다. 빗돌은 사암砂岩으로 만들어졌는지 부스러진 데가 많았고 이끼까지 잔뜩 끼어, 몇몇 글귀만 알아볼 수 있었다.──

"……호탕한 노래 열광熱狂 속에서 추위를 먹고,[2] 천상天上에서 심연深淵을 보다. 모든 눈眼에서 무소유無所有를 보고, 희망 없음에서 구원을 얻다.……

"……떠도는 혼 하나가 긴 뱀으로 변하다. 독이빨로, 남을 물지 아니하고 제 몸을 물다. 마침내 죽다.……

"……떠나라! ……"

빗돌 뒤로 돌아가니 버린 무덤이 있었다. 풀 한 폭, 나무 한 그루 없이 주저앉은. 갈라진 무덤 틈새로 주검이 보였다. 가슴과 배가 벌어져 있고, 심장과 간이 없었다. 얼굴은 애락哀樂의 표정 없이 아지랑이처럼 흐릿하였다.

의혹과 두려움에 몸을 돌렸으나, 뒷면의 글귀를 보고 말았다.

"……심장을 후벼 스스로 먹다. 본디 맛을 알고자. 아픔이 혹심하니, 본디 맛을 어찌 알랴?……

"……아픔이 가라앉자 천천히 먹다. 이미 성하지 않으니 본디 맛을 또 어찌 알랴?……

"……대답하라. 않겠거든, 떠나라! ……"

나는 떠나려고 했다. 그러나 무덤 속에서 일어나 앉은 주검이 입술을 움직이지 않고 말했다.—

"내가 티끌로 될 때에, 그대는 나의 미소를 볼 것이다!"

나는 줄달음질쳤다. 뒤돌아볼 엄두가 나지 않았다. 그가 쫓아오는 게 보일까 봐.

1925년 6월 17일

1) 원제는 「墓碣文」, 1925년 6월 22일 주간지 『위쓰』 제32호에 처음 실렸다. '빗돌'이라
번역한 '묘갈'(墓碣)은 윗부분이 둥근 돌비석이다.

2) 원문이 '於浩歌狂熱之際, 中寒'이다. "주위 모든 사람들이 소리 높여 노래하며 열광할
때 나는 혹독한 추위를 느낀다"는 것. "추위를 먹고"라 번역한 '中寒'(중한)은 한의학
에서 "추위로 인하여 팔다리가 싸늘해지며 정신을 잃거나 말을 하지 못하는 증상"을
가리키는 말이다. "추위(를) 먹다"라는 표현이 한국어에서 쓰이지 않는 듯하다. 그럼
에도 이렇게 새긴 것은, 이것과 상대적인 개념인 '中暑'(중서)를 가리키는 것으로 "더
위(를) 먹다"라는 말이 있기 때문이다.

무너지는 선(線)의 떨림[1]

나는 내가 꿈을 꾸고 있는 꿈을 꿨다. 나 자신 어디에 있는 줄 모르나, 눈앞은 깊은 밤 굳게 닫힌 작은 집 내부였다. 그런데 지붕 위에 우거진 와송[2]이 보였다.

등피를 닦아 놓은 식탁 위의 호롱불이 방 안을 유난히 밝게 비쳤다. 광명光明 속, 낡은 침대 위, 머리칼이 헝클어진 생면부지의 억센 살덩어리 아래에서, 작고 여윈 몸통이 굶주림, 고통, 놀람, 수치심, 기쁨에 떨고 있었다. 탱탱하지는 않아도 탐스러운 살갗이 매끄러웠고, 희푸르레한 두 볼에 살짝 도는 붉은 기가 마치 납 위에 연지를 발라 놓은 듯하였다.

호롱불도 두려움에 잦아들었다. 동녘이 밝아 왔다.

그러나 허공에는 여전히, 굶주림, 고통, 놀람, 수치심, 기쁨의 파도……가 가득 차 너울대고 있었다.

"엄마!" 문소리에 깬 두어 살 난 딸아이가, 거적을 친 방구석 바닥에서 소리쳤다.

"아직 이르다. 좀더 자거라!" 그녀가 허둥대며 말했다.

"엄마! 배고파, 배가 아파. 오늘은 먹을 게 생겨?"

"오늘은 먹을 것이 생길 거다. 좀 있으면 사오빙[3] 장수가 올 거야. 엄마가 사 줄게." 그녀는 위안이라도 되는 듯 손바닥 속 작은 은銀 조각을 꼬옥 쥐었다. 나지막한 목소리가 슬픔에 떨렸다. 방구석으로 가 딸아이를 흘깃 보더니 거적을 밀치고 아이를 안아 낡은 침대 위로 옮겼다.

"아직 이르니까, 조금 더 자거라." 그녀는 눈을 들어 지붕 위의 하늘을 보았다.

허공에 돌연 또 다른 파도가 크게 일었다. 아깟번 파도와 부딪쳐 빙빙 돌더니 소용돌이로 변하여 나를 포함한 모든 것을 휩쓸었다. 나는 코로도 입으로도 숨을 쉴 수 없었다.

나는 끙끙대며 깨어났다. 창밖은 온통 은색 달빛이었다. 날이 새기에는 아직 먼 듯하였다.

나 자신 어디에 있는 줄 모르나, 눈앞은 깊은 밤 굳게 잠긴 작은 집 내부였다. 나는 내가 아까 꾼 꿈을 계속 꾸는 줄을 알고 있다. 그러나 꿈속의 연대年代는 여러 해 차이가 났다. 집 안팎도 가지런했다. 안에 젊은 부부와 어린애 한 무리가 있었고, 그들이, 원망하고 깔보는 눈초리로 한 늙은 여인을 보고 있었다.

"우리가 낯을 들고 살 수가 없소. 당신 때문에." 사내가 화를 내며 말했다. "당신은 내 마누라를 키웠다고 생각하나 본데, 실은 재를 망쳐 놓은 거요. 차라리 어렸을 때 굶겨 죽였어야지!"

"평생 당신 땜에 견딜 수가 없었어!" 계집이 말했다.

"나한테까지 그런 소릴 듣게 만들어!" 사내가 말했다.

"쟤들도 그럴 거야!" 계집이 애들을 가리키며 말했다.

마침 갈댓잎을 가지고 놀고 있던 막내둥이가 칼인 양 그것을 허공에 휘두르며 외쳤다. "죽여!"

늙은 여인의 입술에 경련이 일었다. 잠깐 넋이 나갔으나 이내 차분해졌다. 조금 뒤 그녀는, 냉정冷靜하게, 앙상한 석상石像처럼, 우뚝 일어섰다.[4] 그녀는 널문을 열고 깊은 밤 속으로 걸어 나갔다. 싸늘한 욕설, 독한 웃음을 등 뒤에 남겨 둔 채.

그녀는 깊은 밤 속을 한없이 걸었다, 가없는 벌판에 이르기까지. 사방은 거친 벌판이었다. 머리 위는 드높은 하늘뿐. 벌레 하나 새 한 마리 날지 않았다. 그녀는 발가벗은 몸으로, 앙상한 석상처럼, 거친 벌판 한가운데에 우뚝 섰다. 찰나간에, 지나간 모든 것을 보았다. 굶주림, 고통, 놀람, 수치심, 기쁨. 이에, 떨었다. 망쳤다, 견딜 수 없다, 그런 소리. 이에, 경련하였다. 죽여. 이에, 평정을 얻었다.…… 다시, 찰나간에, 모든 것이 합쳐졌다. 그리움과 결별, 애무와 복수, 양육과 멸절, 축복과 저주.…… 이에 그녀는 하늘 향해 두 팔을 한껏 벌리고 입술 사이로, 사람과 짐승의, 인간 세상에 없는, 그래서 낱말이 없는 언어를 흘렸다.

그녀가 낱말 없는 언어를 말할 때에, 그녀의, 위대하기가 석상과 같은, 그러나 이미 황폐해진, 무너지는 몸 전체가 떨리었다. 그 떨림은 비늘처럼 점점點點이 이어졌고, 비늘 하나하나가, 들끓는 물처럼 출렁였다. 허공도 즉각 함께 떨었다. 폭풍우 속 거친 바다의 파도처럼.[5]

이에 그녀는 눈을 들어 하늘을 향했다. 낱말 없는 언어도 침묵에 들었다. 오로지 떨림만이 햇살처럼 퍼졌다. 그것은 허공 중의 파도를 즉각 맴돌게 하였고, 바다폭풍처럼 파도를, 가없는 황야에 솟구쳐 흐르게 하였다.

나는 가위눌렸다. 손을 가슴에 올려놓았기 때문인 줄을 나는 알고 있었다. 나는, 꿈속에서, 젖 먹던 힘까지 짜내어, 무겁디무거운 손을 치우려고 하였다.

1925년 6월 29일

주)————

1) 원제는 「頹敗線的顫動」, 1925년 7월 13일 주간지 『위쓰』에 처음 실렸다.
2) '와송'(瓦松)은 지붕 위의 기와 틈에 무리 지어 자란다. 짧은 줄기에 바늘잎이 빽빽이 돋아 멀리서 보면 소나무 같다고 하여 붙은 이름이다. 한국에서는 '바위솔'이라고도 한다. 다만 '바위솔'이 '와송'을 포함하여 더 큰 범주를 갖기도 하기에 여기서는 그대로 '와송'이라 옮겼다.
3) '사오빙'(燒餠)은 화덕에서 구운, 호떡처럼 생긴 빵이다.
4) "앙상한 석상처럼, 우뚝 일어섰다"의 원문은 '骨立的石像似的站起來了'이다.
5) 이 글의 제목 '무너지는 선(線)의 떨림'은 여기서 비롯한다.

입론[1]

나는 내가 소학교 교실에서 작문 준비를 하는 꿈을 꾸었다. 선생님께 논지를 세우는 방법을 물었다.

"쉽지 않다!" 선생님이 안경테 너머로 눈을 반짝이며 나를 보더니, 말했다. "내가 이야기를 하나 해주마.——

"어떤 집에서 아들을 낳았단다. 온 집안이 몹시 기뻐하였다. 만한 달이 되자, 아기를 안고 나와 손님들에게 보였다.——물론 덕담을 듣고 싶어서였지.

"한 사람이 말했다. '이 아이는 훗날 큰 부자가 되겠네요.' 그 사람은 한바탕 감사의 말을 들었다.

"한 사람이 말했다. '이 아이는 훗날 벼슬을 할 겁니다.' 그 사람은 몇 번이고 칭찬받았다.

"한 사람이 말했다. '이 아이는 훗날 죽을 거요.' 그 사람은 자리에 있던 모든 사람에게 아프게 맞았다.

“죽을 것이라고 한 것은 필연을 말한 것이다. 부귀를 누리리라는 건 거짓을 말한 것이다. 그러나 거짓을 말한 사람은 보답을 받고 필연을 말한 사람은 얻어맞았다. 너는……”

“저는 거짓말을 하기 싫지만 얻어맞고 싶지도 않아요. 그렇다면, 선생님, 저는 뭐라고 말해야 하나요?”

“그렇다면, 너는 이렇게 말해야 한다. ‘옴마! 야가! 애 좀 보세요, 얼마나……. 아이구! 하하! Hehe! he, hehehehe!’”

1925년 7월 8일

주)______

1) 원제는 「立論」, 1925년 7월 13일 『위쓰』 제35호에 처음 실렸다.

죽은 뒤[1]

나는 내가 길거리에서 죽어 있는 꿈을 꾸었다.

거기가 어딘지, 내가 어떻게 거기로 갔는지, 어쩌다가 죽게 되었는지, 이런 것들을 나는 전혀 알 수 없었다. 요컨대 내 자신이 죽었다는 것을 알게 되었을 무렵, 나는 거기에 죽어 있었던 것이다.

까치 소리가 몇 번 들리더니, 까마귀 소리가 들렸다. 공기가 맑고, 흙냄새가 섞였기는 하나 상쾌한 것이, 동틀 무렵이리라. 나는 눈을 뜨려 하였으나 떠지지가 않았다. 마치 내 눈이 아닌 것처럼. 그래, 팔을 들어 보려 하였으나, 마찬가지였다.

공포의 화살촉이 홀연 심장을 뚫었다. 나는 살아 있을 때 장난삼아 이런 생각을 한 적이 있다. 만약 어떤 사람이 죽었을 때 운동신경만 훼멸되고 지각知覺은 남는다면 그건 온전히 죽는 것보다 훨씬 무서울 것이라고. 뜻밖에 나의 예상이 적중하였고, 내 스스로 그것을 입증하고 있다.

발소리가 들렸다. 길 가는 사람의 것이겠지. 외바퀴 수레 한 대가 지나갔다. 무거운 물건을 실었는지 삐거덕거리는 통에 마음이 어지럽고 이빨까지 시렸다. 눈앞이 붉은 것이 해가 뜬 게 틀림없다. 그렇다면, 내 얼굴은 동쪽을 향하고 있다. 그러나 이런 건 다 상관없다. 웅성거리는 사람 소리. 구경꾼들. 그들 발치에서 황토가 일어 콧구멍 속으로 날아들었다. 나는 재채기를 하고 싶었으나 끝내 하지 못했다. 마음만 간절했을 뿐.

잇따르는 발소리가 가까이 와 멈추고, 더 많아진 수군거리는 소리. 구경꾼이 늘어난 거다. 나는 문득, 그들이 뭐라고 하는지 듣고 싶어졌다. 그와 동시에, 이런 생각도 들었다.─살아 있을 때에 나는, 사람들의 평판 따위는 코웃음 칠 값도 없는 것이라고 하였다. 이제 보니 그게, 본심과는 딴판인 주장이었나 보다. 죽자마자 파탄이 났으니 말이다. 어떻든, 들어 보자. 들어 보았지만 결론을 얻을 수 없었다. 귀납하자면 겨우 이런 정도였다.

"죽었나?……"

"음.─이거……"

"흥!……"

"쳇.…… 에이!……"

나는 기뻤다. 끝까지 귀에 익은 목소리가 들리지 않았기 때문이다. 만약 아는 목소리가 들렸다면, 그들을 상심케 하거나, 그들을 통쾌하게 만들거나, 그들로 하여금 밥상머리 잡담거리를 얻어 소중한 시간을 낭비하게 할 것이니, 나로서는 퍽 미안해할 일이다. 지금 그들

가운데 누구도 나를 보지 못했다. 다시 말해서 나는 아무에게도 영향을 주지 않았다. 좋다. 남에게 미안해할 건 없는 셈이다!

그런데, 아마 개미겠지, 개미 한 마리가 내 등줄기를 따라 기는 것이 간지럽다. 꼼짝할 수 없는 나로서는 놈을 몰아낼 재간이 없다. 평상시였다면, 조금만 뒤척여도 달아났을 텐데. 뿐인가, 허벅지로 또 한 놈이 기어오른다! 이놈들 도대체 뭐하는 거야? 버러지 놈들!

형편은 더욱 나빠졌다. 웅 하는 소리와 함께 파리 한 마리가 내 관자놀이에 내려앉아 몇 발짝 기다가 날아올랐고, 다시 내려와 코끝을 핥았다. 나는 오뇌懊惱에 차 생각하였다. ──족하足下, 위대한 인물도 아닌 내게서 의론할 재료를 찾을 게 뭐 있소…….[2] 그러나 말이 나오지 않았다. 놈은 코끝에서 뛰어내려 이번에는 차가운 혀로 내 입술을 핥았다. 모르겠다, 이게 사랑의 표시인지. 다른 몇 마리가 눈썹에 모여 활보하는 바람에 눈썹 뿌리가 흔들렸다. 성가시기 짝이 없었다.──견딜 수 없이.

문득, 바람이 일면서 뭔가가 나를 덮치자 놈들이 흩어졌다. 떠나면서도 이런 말을 한다──

"아깝도다!"

나는 화가 치밀어, 혼절할 뻔했다.

목재가 땅에 떨어지는 둔중한 소리와 함께 땅이 흔들리는 바람에 홀연 의식을 찾았다. 이마에 거적 같은 게 있다. 거적이 벗겨지자 작열하는 햇볕이 느껴졌다. 누군가가 말하는 소리가 들렸다──

"왜 여기서 죽은 거야?……"

목소리가 가까이서 들리는 걸로 보아 그는 허리를 숙이고 있다. 그런데 사람이, 어디서 죽어야 옳단 말인가? 나는 전에, 사람이 땅 위에서, 마음대로 살 권리는 없어도, 마음대로 죽을 권리는 있다고 생각했다. 이제서야, 사실은 전혀 그렇지가 않으며, 그건 여론과도 부합하기 어렵다는 걸 알았다. 안타깝게도 지금 내게는 종이도 붓도 없다. 설령 있다고 해도 글을 쓸 수 없고, 써도 발표할 곳이 없다. 그러니 그냥 있을 수밖에.

누군가가 나를 들쳤다. 누구인지 모르겠다. 칼집 소리가 나는 것이, 순경도 여기에 와 있는 거다. 내가 "죽"어 있어서는 안 될 "여기"에. 나는 몇 차례 뒤집혔고, 들어 올려졌다가 내려졌다. 뚜껑이 덮이고 못질 소리가 들렸다. 못질을 두 개만 하는 것이 기이했다. 설마, 이 동네는 널에 못을 두 개만 박는가?

나는 생각했다. 이번에는 6면의 벽에 부딪힌[3] 거로구나. 밖에서는 못질까지 하고. 참으로 완전한 실패이다. 아, 슬프도다!……

"숨이 막힌다!……" 이런 생각도 들었다.

그렇지만 나는, 아까보다 훨씬 평온해져 있었다. 땅속에 묻혔는지는 알 길 없지만. 손등에 거적의 요철이 닿았다. 이불[4]로서 싫지는 않다. 누가 나를 위해 돈을 썼을까, 알지 못하는 게 아쉽다! 그렇지만 가증스러웠다, 납관[5]한 녀석들이! 속옷자락 접힌 것을 녀석들이 펴주지 않아 등이 배기는 게, 영 불편했다. 너희 놈들, 죽은 사람이니깐 알지 못할 거라 여겨 이따위 건성으로 일을 하느냐? 하하!

살아 있을 때보다 몸이 훨씬 무거워진 것 같다. 그래서 옷자락 접힌 것이 이리 불편한가 보다. 그렇지만 나는, 생각했다. 조금 있으면 몸에 밸 거야. 금세 썩어질 것이니 더 이상 성가시지는 않게 되거나. 지금은 가만히, 마음 차분하게 먹는 게 상책이다.

“안녕하세요? 죽으셨어요?”

귀에 익은 목소리였다. 눈을 떠 보니 고서점 발고재勃古齋의 점원이다. 못 본 지 스무 해가 넘었는데 옛날 모습 그대로다. 나는 다시 한 번 6면의 벽을 보았다. 너무 조잡하다. 대패질을 하지 않아 톱질 자국이 꺼칠하다.

“일없어요.[6] 상관없습니다.” 그가 말하면서 남색 보자기를 끌렀다. “명나라 때 찍은 『공양전』[7]입니다. 가정 연간의 흑구본[8]입지요. 받아 두세요, 이건……”

“자네!” 나는 이상한 생각이 들어 그의 눈을 보았다. “자네 정말 제정신인가? 내가 이 꼴인데 명판본明板本 책을 보라?……”

“읽을 수 있습니다. 일없어요.”

나는 바로 눈을 감았다. 마주하자니 짜증이 났다. 좀 있으니 기척이 없다. 가 버린 게다. 그런데 이번에는 개미 한 마리가 목덜미를 타고 기어올라 얼굴로 오더니 눈자위를 따라 맴을 돌았다.

털끝만큼도 생각 못 했다. 사람 생각이 죽은 뒤에도 변할 수 있다는 것을. 문득, 어떤 힘이 내 마음의 평안을 깨뜨렸다. 동시에, 수많은 꿈들이 눈앞에서 꾸어졌다. 몇몇 벗들은 나의 안락을 빌었고, 몇몇 원수는 나의 멸망을 빌었다. 나는 그러나 안락하지도 멸망하지도 않고, 그작그작 살아왔다. 어느 한쪽의 기대에도 부응하지 못했다. 그런데 지금 나는, 그림자처럼 죽었다. 원수들이 알지 못하게. 그들에게 공짜 기쁨은 조금치도 선사하고 싶지 않다…….

나는 통쾌한 중에도 울음이 나올 것 같았다. 그건 내가 죽은 뒤 첫번째 울음이었다.

그러나 끝내 눈물 흘리지 않았다. 그저 눈앞에 불꽃 같은 것이 번뜩이는 것을 보았고, 일어나 앉았다.

1925년 7월 12일

주)______

1) 원제는 「死後」, 1925년 7월 20일 주간지 『위쓰』 제36호에 처음 실렸다.

2) 「죽은 뒤」를 쓰기 몇 달 전에 루쉰은 「전사와 파리」(3월 21일, 『화개집』華蓋集에 실림)를 썼다. 쑨원(孫文, 1866~1925)이 세상을 뜬 뒤 일부 언론이 그의 '결점'을 지적하자 쑨원을 전사(戰士)에, 언론을 파리에 견주어 쓴 글이었다.

3) '6면의 벽에 부딪히다'의 원문은 '六面碰壁'이다. 이 글을 쓰기 한 달 남짓 전(5월 21일)에 루쉰은 「'벽에 부딪힌' 뒤」(『화개집』)를 쓴 바 있다. '벽에 부딪히다'(碰壁)는 난관에 부딪혔다는 뜻이다.

4) '이불'의 원문은 '시금'(尸衾). 주검을 관에 넣을 때 덮어 주는 홑이불이다.

5) '납관'(納棺)은 주검을 관에 넣는 것을 말한다. 원문이 '收斂'으로 되어 있는데 '收殮'이 옳다.

6) '일없어요'는 북녘에서 쓰는 말이다. 중국어 '沒事兒'에서 온 말로 '괜찮다'는 뜻이다.

7) '명나라 때 찍은 『공양전』'의 원문은 '明板 『公羊傳』', 『춘추공양전』(春秋公羊傳; 『공양춘추』公羊春秋라고도 함)의 명나라 때 판본을 가리킨다. 『공양전』은 『춘추』를 해설한 책으로 주나라 말 제나라 사람 공양고(公羊高)가 지었다고 전해진다.

8) '가정 연간의 흑구본'의 원문은 '嘉靖黑口本'. '가정'(1522~1566)은 명 세종 대의 연호이다. 옛날 책에서, 책장 가운데를 접어서 양면으로 나눌 때에 접힌 부분을 '판심'(版心) 또는 '판구'(版口)라 하고, '판구'를 줄여서 '구'(口)라고 한다. '구'에는 '흑구'와 '백구' 두 가지가 있다. '구'의 상단과 하단에 검은 줄이 있는 것을 '흑구', 없는 것을 '백구'라 한다. 송나라, 원나라 때와 명나라 초기에는 흑구본이 많았다.

이러한 전사[1]

이러한 전사가 있어야 한다. ──

그는 반짝이는 모젤 총을 멘 아프리카 토인처럼 몽매한 존재가 아니고, 목갑총을 찬 중국 녹영병처럼 무기력한 존재는 더욱 아니다.[2] 그는 소가죽과 폐철廢鐵로 만든 갑주甲胄 따위의 도움을 받지 않는다. 그는 맨몸으로, 야만인이 쓰는 투창만 들고 있다.

그가 무물無物의 진陣[3]으로 들어서자 마주치는 사람마다 한 본새로 인사를 한다. 그는 이런 인사가 적의 무기라는 것을, 피 한 방울 흘리지 않고 사람을 죽이는 무기라는 것을 안다. 수많은 전사가 그것 때문에 멸망하였다. 그것은 포탄처럼, 용맹한 전사들을 맥 못 추게 하였다.

그것들의 머리 위에 각종 깃발이 나부낀다. 깃발에는 각가지 좋은 명칭을 수놓았다. 자선가, 학자, 문인, 원로, 청년, 아인雅人, 군자……. 머리 아래 각가지 외투를 걸쳤다. 거기에 여러 가지 좋은 무

뇌를 수놓았다. 학문, 도덕, 국수國粹, 민의民意, 논리, 공의公義, 동방문
명……

그러나 그는 투창을 들었다.

그들은 한목소리로 맹세하여 말한다. 자기들 심장은 가슴 한가
운데에 있어서, 심장이 한쪽에 치우친 다른 사람들과는 다르다고. 그
들은 하나같이 가슴 복판에 호심경⁴⁾을 달고 있다. 자기네 심장이 한
가운데에 있다고 스스로도 믿고 있음을 증명이라도 하려는 양.

그러나 그는 투창을 들었다.

그는 엷게 웃으면서 한쪽으로 치우치게 창을 던졌고, 창은 심장
에 명중하였다.

다들 맥없이 넘어졌다.——그렇지만 넘어진 건 외투뿐이었다. 속
에는 아무것도 없었다. 무물無物의 물物은 달아나고 없었고, 그들이
승리했다. 그가, 자선가니 뭐니 하는 것들을 해친, 죄인이 되었기 때
문이다.

그러나 그는 투창을 들었다.

그는 무물의 진 속에서 큰 걸음으로 걸었다. 또다시, 한 본새의
인사, 각종의 깃발, 각가지 외투……와 마주쳤다.

그러나 그는 투창을 들었다.

그는 마침내 무물의 진 속에서 늙고, 죽었다. 그는 결국 전사가
못 되었다. 무물의 물이 승자였다.

이쯤 되면 아무도, 전투의 함성을 듣지 못한다. 태평太平.

태평……

그러나 그는 투창을 들었다!

1925년 12월 14일

주)______

1) 원제는 「這樣的戰士」, 1925년 12월 21일 『위쓰』 제58호에 처음 실렸다. 루쉰은 「『들풀』 영역본 머리말」에서 이 작품이 "문인 학자들이 군벌을 돕는 것을 보고 쓴" 것이라고 하였다.

2) '모젤 총'은 독일 기술자 마우저(Mauser) 형제가 1870년대에 만든 단발 소총이다. '녹영병'(綠營兵)은 녹기병(綠旗兵)이라고도 한다. 청나라 군대 편제에 만주족이 중심이 된 '팔기병'(八旗兵) 말고도 한족(漢族)으로 편성된 군대가 있었다. 녹색이 들어간 깃발을 썼기에 녹기병이라고도 하였다. '목갑총'(木匣銃), 즉 '나무 곽 총'의 원문은 '합자포'(盒子炮)이다. 연발 권총의 일종으로 부피가 크고 나무로 만든 곽(盒子)이 있었기에 그렇게 불렀다.

3) '무물(無物)의 진(陣)'의 원문은 '無物之陣', 뒤에 나올 '무물(無物)의 물(物)'의 원문은 '無物之物'이다. 혹자는 '무물의 진'을 '무형물의 싸움터'로, '무물의 물'을 '무형물'(無形物) 즉 '(바람이나 소리처럼) 형체가 없는 사물'이라 번역하였다(루쉰, 『들풀』, 베이징 외문출판사, 1976, 제1판. 역자는 밝혀져 있지 않다). 참고할 만하다. 이 글에서 루쉰이 '무물의 진'(＝형체가 없는 진지/싸움터), '무물의 물'(＝형체 없는 사물의 실체)이라는 말을 거듭 쓴 것은, 이 싸움이 이데올로기 영역에서 벌어지는 투쟁임을 강조하기 위해서였다.

4) '호심경'(護心鏡). 갑옷의 가슴 쪽에 붙인 둥근 구리 조각이다. 가슴을 보호하기 위한 것으로 구리거울(銅鏡)처럼 생겼다 하여 호심경이라 한다.

총명한 사람, 바보, 종[1]

종은 그저 신세타령 들어줄 사람만 찾았다. 늘 그렇게 하려 들었고, 그럴 수밖에 없었다. 하루는 그가 총명한 사람을 만났다.

"선생님!" 그가 구슬피 말했다. 눈가로 눈물을 주루룩 흘리면서. "선생님도 아시겠지요. 저는 정말이지 사람 같지 않게 삽니다. 하루에 한 끼 먹을 수 있으면 다행입니다. 그나마도 수수 껍데기로 지은 것이라 개돼지도 쳐다보지 않는 그런 밥입니다. 그것도 조막만 한 그릇에……."

"거 참 안됐네." 총명한 사람도 애달파 말했다.

"그러게 말입니다!" 그는 기뻤다. "그런데도 일은 밤낮으로, 쉴 새 없이 합니다. 새벽이면 물 긷지요 저녁이면 밥 짓지요, 오전 나절에 바깥 심부름 밤에는 맷돌질, 맑은 날엔 빨래하랴 비가 오면 우산 펴 드리랴, 겨울이면 불 지펴 드리랴 여름이면 부채질하랴. 한밤중에 흰목이버섯을 고아 드리지요. 주인 마님께서 노름 노시는 것 시중드

느라고 말입니다. 그런데도, 개평은커녕, 채찍질을 안 당하면 다행입니다……."

"허……." 총명한 사람이 탄식을 하는데, 눈언저리가 발그레한게, 금시라도 눈물을 떨굴 것 같았다.

"선생님! 저는 이렇게는 살 수 없습니다. 달리 길을 찾아야겠습니다. 하지만 그 길이 무엇일지?……."

"내 생각엔, 언젠가는 나아질 거네……."

"그런가요? 그리 되기만 바랄 뿐입니다. 그럴 수만 있으면 좋겠습니다. 하지만 제가 선생님께 하소연할 수 있었고, 선생님도 저를 불쌍히 여겨 위로해 주셨습니다. 그것만으로도 한결 가뿐합니다. 하늘이 무심치 않으셔라……."

그런데, 며칠 지나지 않아 그는, 다시 마음이 편치 않아 하소연할 상대를 찾아 나섰다.

"선생님!" 그가 눈물을 흘리며 말했다. "선생님도 아시겠지요. 제가 사는 데는 돼지우리만도 못합니다. 마님은 저를 사람으로 치지 않습니다. 강아지한테는 몇만 배나 잘 해주면서……."

"이런 못난!" 그 사람이 호통을 치는 바람에 종이 깜짝 놀랐다. 그 사람은, 바보였다.

"선생님, 저는 다 자빠진 단칸방에 살고 있습니다. 눅눅하고 껌껌하고 빈대가 득실거리고, 이놈들은 잠을 자려 들기 바쁘게 엄청 물어 댑니다. 썩은 내가 코를 찌르지만 창문 하나 없습니다……."

"주인한테, 창문 하나 내 달란 말 못하는가?"

"어떻게 제가 감히?……."

"그렇다면, 어디 한번 가서 보세!"

바보가 종이 사는 집으로 따라가서 냅다 흙벽을 부수었다.

"선생님! 무슨 짓이세요?" 깜짝 놀란 종이 말했다.

"창구멍을 하나 내 주려고 그런다."

"안 됩니다! 마님께 혼납니다!"

"그따위 게 무슨 상관이야!" 바보가 계속 부수었다.

"게 누구 없소? 강도가 우리 집을 부수고 있소! 빨리들 오시오! 집에 구멍이 뻥 뚫릴 판이오!……" 종이 울면서 소리쳤다. 떼굴떼굴 땅바닥에 뒹굴었다.

종들이 떼거리로 달려 나와 바보를 쫓아냈다.

그 소리를 듣고 천천히, 맨 마지막에, 주인이 왔다.

"강도 놈이 우리 집을 부수길래 제가 맨 먼저 소리를 쳤습니다. 다들 나서서 놈을 쫓아냈습지요." 종이 공손하게, 의기양양하여 말했다.

"잘했다." 주인이 칭찬하였다.

그날 많은 사람이 주인을 위로하러 왔다. 거기에는 총명한 사람도 있었다.

"선생님. 이번에 제가 공을 세웠습니다. 마님께서 저를 칭찬하셨어요. 저번에 선생님께서 제 형편이 좋아질 거라고 하셨지요. 참으로 앞을, 훤히 내다보십니다……." 종이 큰 희망이라도 생긴 듯 기뻐하며 말했다.

　“그러게 말이네…….” 총명한 사람도 제 일인 양, 기쁜 듯 대꾸
했다.

1925년 12월 26일

주)______

1) 원제는 「聰明人和傻子和奴才」, 1926년 1월 4일 『위쓰』에 처음 실렸다.

마른 잎[1]

등잔 아래서 『안문집』[2]을 뒤적이는데 책갈피에 단풍잎이 있었다.

이로 하여 지난해 늦가을 일이 떠올랐다. 밤이면 서리가 내려 나뭇잎이 시들어 가던 때에, 뜰 앞의 자그만 단풍나무도 붉게 물들었다. 주위를 서성이며 잎 색을 꼼꼼히 살폈다. 잎이 푸르던 땐 그런 관심이 없었다. 이파리가 죄다 빨갛지는 않았다. 불그스레한 잎이 가장 많았고 빨간 바탕에 푸른 기가 짙은 것도 몇 있었다. 벌레 먹은 잎이 하나 있었다. 빨강, 노랑, 초록이 섞인 잎사귀에서 까맣게 테를 두른 작은 구멍이 눈알처럼 사람을 응시하였다. 속으로 생각했다. 병든 잎이다! 그래 그 잎을 따, 방금 사온 『안문집』 갈피에 끼워 두었었다. 아마, 곧 지고 말, 이 벌레 먹고 알록달록한 잎의 색깔을, 잠시라도 보존해 두고 싶어서였을 거다. 뭇 이파리들에 묻혀 사라져 버리지 않도록.

그것이 오늘 밤 밀랍처럼 내 눈앞에 누워 있다. 눈알은 작년처럼 반짝이지 않았다. 몇 해 더 지나면 지난날의 색깔이 내 기억에서 사라질 것이고, 어찌하여 이것이 책갈피에 끼여 있는지도 알지 못할 것이다. 곧 지고 말 병든 잎의 다채로움조차 잠깐 마주할 수 있을 뿐이니, 울울창창한 잎들이야 어떻겠는가. 창밖을 보니 추위에 강한 수목들도 벌거숭이가 되었다. 단풍나무는 말할 것도 없으리. 가을이 깊었을 때에 작년의 이것과 생김새가 비슷한 병든 잎이 있었을지 모른다. 그러나 애석하게도 올해는 가을 나무를 완상할 겨를이 없었다.

1925년 12월 26일

주)______

1) 원제는 「腊葉」. '석엽'(腊葉)은 '종이나 책장 사이에 끼워 말린 식물 잎사귀 따위의 표본'을 이르는 말이다. 1926년 1월 4일 『위쓰』 제60호에 처음 실렸다. 루쉰은 「『들풀』 영역본 머리말」에서 "「마른 잎」은 나를 사랑하는 이가 나를 보존하고자 하기에 지었다"고 했다. 또, 쉬광핑은 「『30년집』을 교열하면서 생각나는 지난 얘기」에서, "『들풀』 중 「마른 잎」에서 『안문집』 책갈피 속 알록달록한 단풍잎은 바로 그(루쉰) 자신"이라고 했다.

2) 『안문집』(雁門集)은 원나라 사람 싸두라(薩都剌, 1272~1340)의 시사집(詩詞集)이다. 싸두라는 회족(回族)으로 대대로 산시(山西) 옌먼(雁門)에서 살았다.

빛바랜 핏자국 속에서
—몇몇 죽은 자와 산 자, 아직 태어나지 않은 자를 기념하여[1]

지금 조물주는 비겁자이다.

그는 슬그머니 천재지변을 일으키지만, 지구를 훼멸할 엄두는 내지 못한다. 슬그머니 살아 있는 것을 쇠망衰亡케 하면서도, 주검이 오래도록 남아 있게 할 용기는 없다. 슬그머니 인류를 피 흘리게 하면서도, 핏빛을 영원토록 선명하게 할 용기는 없다. 슬그머니 인류에게 괴로움을 주면서도, 인류가 영원히 그것을 기억하게 할 용기는 없다.

그는 오로지 자신의 동류同類——인류 중의 비겁자——만 배려한다. 폐허와 황량한 무덤으로 화려한 건축을 부각시키고, 시간으로 고통과 핏자국을 바래게 한다. 날마다 단맛이 조금 나는 쓰디쓴 술을 한 잔씩, 많지도 적지도 않게 살짝 취할 만큼만 따라 주어, 마시는 사람으로 하여금 울게 또 노래하게 하고, 깨인 듯 또 취한 듯, 아는 듯 또 무지한 듯, 죽고 싶게 또한 살고 싶게 만든다. 그로서는 모든 것을 살고 싶어 하도록 만들어야 한다. 그에게는 인류를 멸절할 용기가 없다.

몇 개의 폐허와 몇 개의 황량한 무덤이 땅 위에 흩어져 빛바랜 핏자국을 비춘다. 사람들은 그 새중간서 남과 나의 아득한 슬픔을 곱씹을 뿐, 그것을 뱉어 버리려고는 하지 않는다. 공허空虛보다는 낫겠다고 여겨. 저마다 '하늘의 벌을 받은 자'[2]를 자처함으로써 남과 나의 아득한 슬픔을 곱씹는 데 대한 변명을 삼으며, 또한 두려움에 숨을 죽인 채 새로운 슬픔의 도래를 가만히 기다린다. 새로움, 이것이 그들을 두려움에 떨게 하고 또한 갈망하게 한다.

이게 다 조물주의 착한 백성이다. 그는 그걸 필요로 한다.

반역의 맹사猛士가 인간 세상에 출현한다. 그는 우뚝 서서, 이미 달라졌거나 예전과 다를 바 없는 폐허와 무덤을 뚫어본다. 깊고 넓은, 오래된 고통 일체를 기억하고, 겹겹이 쟁여지고 응어리진 피를 직시한다. 죽은 것, 태어나고 있는 것, 태어나려는 것, 태어나지 않은 것 일체를 속속들이 안다. 그는 조물주의 농간을 간파하고 있다. 그가 떨쳐 일어나, 인류를, 소생시키거나 소멸되게 할 것이다. 이들 조물주의 착한 백성들을.

조물주, 비겁자가 부끄러워 숨는다. 하늘과 땅이 맹사의 눈앞에서 색을 바꾼다.

1926년 4월 8일

주)______

1) 원제는 「淡淡的血痕中—記念幾個死者和生者和未生者」, 1926년 4월 19일 『위쓰』 제
75호에 처음 실렸다. 루쉰은 「『들풀』 영역본 머리말」에서 "돤치루이(段祺瑞) 정부가
맨손의 민중에게 발포한 일이 있은 뒤에 「빛바랜 핏자국 속에서」를 지었다"고 했다.

2) '하늘의 벌을 받은 자'의 원문은 '천지륙민'(天之僇民), 하늘의 징벌을 받은 사람, 죄인
이라는 뜻이다. '僇'(륙)은 '戮'(륙)이다. 『장자』(莊子) 「대종사」(大宗師)편에 "孔子曰:
'丘, 天之戮民也'"(공자가 말하였다. 나는 하늘의 징벌을 받은 사람이오)라 한 구절이 있
다. 공자 당시에 이 말은 '얽매여 있는 존재'라는 뜻에서 '노예'를 가리키기도 하였다.

일각[1]

비행기가 폭탄을 떨굴 임무를 띠고, 학교에 다니는 것처럼 매일 오전, 베이징 상공을 비행한다.[2] 기체가 공기를 때리는 소리를 들을 때마다 나는 약간씩 긴장하였다. '죽음'이 덮쳐드는 것을 눈으로 보는 것 같았다. 동시에, '생'의 존재감도 깊어졌다.

폭탄 터지는 소리가 한두 번 어렴풋이 들리고 나면 비행기는 웽웽대는 소리와 함께 천천히 사라진다. 죽고 다친 사람이 있었을 텐데, 천하는 더 태평해진 것 같았다. 창밖 백양나무의 어린잎이 햇빛 아래 검게 반짝이고, 풀또기楡葉梅 꽃도 어제보다 활짝 피었다. 침대 위에 널린 신문을 치우고 밤사이 책상에 쌓인 뿌연 먼지를 쓸고 나니, 네모난 나의 작은 서재가 오늘도 '밝은 창에 깨끗한 책상'[3]이다.

어떤 이유로 나는, 그간 묵혀 두었던 젊은이들의 원고를 교열하기 시작했다. 그것들을 모조리 정리할 작정을 하였다.[4] 작품들을 시간 순으로 읽어 가노라니 생얼굴을 한 젊은 영혼들이 차례로 눈앞에 우뚝 섰다. 그들은 아름답다. 순진하다.——아아, 하지만 그들은, 고뇌한다. 신음한다. 분노한다. 마침내 거칠어졌다. 내 사랑스러운 젊은이들이!

모래바람에 할퀴어 거칠어진 영혼. 그것이 사람의 영혼이기에, 나는 사랑한다. 나는 형체 없고 색깔 없는, 선혈이 뚝뚝 듣는 이 거칠음에 입 맞추고 싶다. 진기한 꽃이 활짝 핀 뜰에서 젊고 아리따운 여인이 한가로이 거닐고, 두루미 길게 울음 울고, 흰 구름이 피어나고……. 이런 것에 마음 끌리지 않는 바는 아니나, 그러나 나는, 내가 인간 세상에 살고 있다는 사실을 잊지 않는다.

문득 두어 해 전의 일이 생각났다. 베이징대학의 교원 대기실에 낯선 젊은이가 들어왔다. 그는 말없이 내게 책 보퉁이를 주고 갔다. 끌러 보니 『뿌리 얕은 풀』[5]이었다. 그의 침묵에서 나는 많은 것을 생각하였다. 아아, 풍성한 선물이었다! 그러나 『뿌리 얕은 풀』은 더 이상 출간되지 못했다. 『가라앉은 종』[6]의 전신前身이 되었을 뿐이다. 『가라앉은 종』은 모래바람에 부대끼다가 인간 바다[7] 밑 깊은 곳에 가라앉아 적막한 울림을 내고 있다.

처참하게 짓밟힌 엉겅퀴가 자그마한 꽃을 피워 내는 것을 보고 톨스토이가 감격하여 소설을 한 편 썼다.[8] 메마른 사막에서 초목이 안간힘을 다해 뿌리내리고 땅속 물을 빨아들여 푸른 숲을 이루는 것은, 물론 제 자신의 '생'을 위해서이나, 지치고 목마른 나그네는 잠시나마 어깨를 쉴 처소를 만난 것에 기뻐한다. 이 얼마나 감동적이지만, 슬픈 일인가!?

『가라앉은 종』의 사고^{社告} 「제목 없이」^{無題9)}에 이런 말이 있었다.
"누군가가 우리 사회를 사막이라고 하였다.──참으로 사막이라면, 황량하기는 해도 숙연할 것이며, 적막하기는 해도 탁 트인 느낌이 있을 것이다. 이 지경으로 혼돈스럽고, 음침하고, 요상하기야 하겠는가!"

그렇다. 젊은 영혼들이 내 눈앞에 우뚝 서 있다. 그들은 벌써 거칠어져 있거나, 거칠어지고 있다. 그렇지만 나는 이들, 피 흘리면서 아픔을 견뎌내는 영혼을 사랑한다. 내가 인간 세상에 있음을, 인간 세상에서 살고 있음을 느끼게 해주기 때문이다.

교열하다 보니 해가 서쪽으로 기울어 등잔불이 햇빛의 뒤를 이었다. 각양각색의 청춘이 내 눈앞을 달려 지나가고 몸 바깥에는 저녁 어스름만 남았다. 피로감에 담뱃불을 붙인 채 이름할 길 없는 생각에 잠겨 가만히 눈을 감았다. 그리고, 긴 꿈을 꾸었다. 깨어나 보니 몸 바깥은 여전히 어스름이고, 미동도 않는 공기 중에 담배 연기가 모락모락 피어오르면서 여름 하늘 구름처럼, 이름 붙이기 어려운 형상들을 빚어내고 있었다.

1926년 4월 10일

주)______

1) 원제는 「一覺」, 1926년 4월 19일 주간지 『위쓰』 제75호에 처음 실렸다. 루쉰은 「『들풀』 영역본 머리말」에서 "펑톈파(奉天派)와 즈리파(直隸派) 군벌이 전쟁을 벌일 때에 「일각」을 썼다"고 했다.

2) 1926년 4월, 펑위샹(馮玉祥)의 '국민군'과 펑톈파 군벌 장쭤린(張作霖)이 전쟁을 벌일 때 장쭤린 측 비행기가 여러 차례 베이징 시내를 폭격하였다. 흔히 즈리파 우두머리로 불리는 펑위샹은 남쪽 국민당의 혁명운동에 호응한다는 뜻에서 스스로를 '국민군'이라 불렀다.

3) '밝은 창에 깨끗한 책상'의 원문은 '窓明几淨'(창명궤정)이다. 서재나 거실이 깨끗하고 환하다는 뜻.

4) 1926년 3월 18일 베이징에서 수십 명의 사상자가 난 학생 시위가 있었다. 일본의 사주를 받은 장쭤린이 펑위샹의 국민군을 공격할 조짐을 보이자 이에 항의하여 일어난 시위였다. 이 일이 있은 뒤 루쉰은 신변에 위협을 느껴 그간 묵혀 놓았던 일을 마무리할 생각을 하였다.

5) 『뿌리 얕은 풀』(淺草)은 계간지로 문학단체 첸차오사(淺草社)의 기관지이다. 1923년 3월 창간, 상하이에서 출판되었다. 1925년 2월 제4호를 내고 정간되었다. 주요 작가로 린루지(林如稷), 펑즈(馮至), 천웨이모(陳煒謨), 천샹허(陳翔鶴) 등이 있다.

6) 『가라앉은 종』(沉鐘)은 문학단체 천중사(沉鐘社)의 기관지이다. 1925년 10월 10일 베이징에서 창간되었다. 처음에는 주간지로 제10호까지 냈다. 1926년 8월 반월간으로 바뀌었고 1927년 1월 제12호를 내고 정간되었다. 1932년 10월 복간되었고 1934년 2월 제34호를 내고 정간되었다. 주요 동인으로, 첸차오사 사람들 외에 양훼이(楊晦) 등이 있다. '가라앉은 종'이라는 이름은 독일 작가 게르하르트 하웁트만(Gerhart Hauptmann)의 희곡 『침종』(*Die versunkene Glocke*)에서 유래한다.

7) '인간 바다'의 원문은 '人海'이다.

8) 톨스토이(Лев Николаевич Толстой, 1828~1910)의 중편소설 『하지 무라트』(*Хаджи-Мурат / Hadji Murat*)를 가리킨다. 이 소설의 도입부에서 톨스토이는 엉겅퀴의 강인한 생명력을 들어 주인공 하지 무라트를 상징하였다.

9) 『가라앉은 종』 제10호(1925. 12)에 실렸다.

루쉰의『들풀』은 난해한 작품집이다. 출판사에서 해제를 요청하였을 때, 독자에게 도움이 될 글을 쓰려 하였으나 그렇게 할 수 없었다.『들풀』에 관한 연구서와 논문을 꽤 읽었고 잘된 해설을 적잖이 보았다. 그럼에도 제대로 된 해제를 쓰지 못했다. '나의 해제'를 쓸 수 없었던 것이다. 그 때문에 몇 달간 몹시 아팠다.

그린비출판사에서『루쉰전집』수록 작품들을 문고판 형식으로 출판한다는 소식을 듣고, 그간 염두에 두었던 글을 번역하여 수록할 것을 제안하였다. 이 해제는 첸리췬(錢理群) 선생의 글인데, 그가 정년퇴임하기 직전, 마지막 학기에 베이징대학에서 강의한 내용을 정리한 책자『루쉰과의 만남』(與魯迅相遇, 三聯書店, 2003, 제1판) 중 일부이다.

첸리췬은 정신사(精神史)적 각도에서 중국 현대 작가와 작품을 연구하여 독보적 경지에 도달한 것으로 평가되는 학자이다. 이 해제를 통하여 독자 여러분은 루쉰을 읽는 즐거움과 더불어 첸리췬을 읽는 즐거움을 맛볼 수 있을 것이다.

해제 | 『들풀』에 대하여

첸리췬[*]

루쉰은 샤오쥔蕭軍에게 보낸 편지에서 『들풀』을 두고 이렇게 말했다. "그것은 내가 호된 맛을 본 뒤에 쓴 것이오." 이는 『들풀』이, 이 시기에 그가 벌인 일련의 논전 및 5·4 이후 인텔리 계층의 분화 현상과 긴밀하게 연계되어 있었다는 걸 말해 준다. 그가 『들풀』을 쓴 때를 대충 정리하면 다음과 같다. 『들풀』 첫 작품을 쓴 게 1924년 9월이었다. 아직 여사대 사건이 터지기 전이었지만, 「천재가 없다고 하기 전에」(『무덤』)를 써서 후스胡適와 논전을 벌이고 있었다. 『들풀』 가운데 처음 13

---

[*] 첸리췬은 1939년생. 1960년 인민대학 신문학과를 졸업하였고, 1981년부터 2002년 8월까지 베이징대학 교수로 있었다. 어문교육의 중요성에 주목하여 베이징대학 재직시 초중고 학생들을 대상으로 한 대안 교과서를 편찬한 바 있으며 정년퇴임 후 베이징사대부속중학교, 모교인 난징사대부속중학교에서 루쉰을 강의하는 등 루쉰 사상의 계승과 발양에 힘쓰고 있다. 주요 저서로 『영혼의 탐색』(心靈的探尋, 1988), 『저우쭤런 전』(周作人傳, 1990), 『풍부한 고통』(豊富的痛苦, 1993), 『나의 정신 자전』(我的精神自傳, 2008, 타이베이) 등이 있다.

편(「가을밤」부터 「개의 힐난」까지)을 여사대 사건 전에 썼고 나머지 10편(「잃어버린 좋은 지옥」부터 「일각」까지)은 그 뒤에 썼다. 마지막 작품 「제목에 부쳐」는 1927년 4월 26일 작품이다. 1924년부터 1927년 사이에 후스 및 현대평론파와의 논전, 여사대 사건, 3·18 사건, 그리고 4·12사변을 겪었다. 이러한 논쟁과 사건들이 작품의 외적 배경으로 자리하는데, 그중 어떤 작품은 집필 배경을 쉽게 파악할 수 있다. "「이러한 전사」는 문인·학자들이 군벌을 돕고 있는 데서 느낀 바 있어서 썼다", "돤치루이 정부가 맨손의 민중에 총격을 가한 뒤 「빛바랜 핏자국 속에서」를 썼다", "펑톈파와 즈리파 군벌이 전쟁할 때에 「일각」을 썼다"고 했다(「『들풀』 영역본 머리말」). 그렇지만 대다수 작품들에는 숨은 이야기가 있다. 루쉰이 명확히 밝힌 것들도 자신이 언급한 사건들에 대한 직접적 반응이라기보다 그 일들로 촉발되어 자기 생명 깊은 곳에서 행해진 고문拷問, '나'(자아)의 생존 곤경에 대한 가장 기본적인 생각을 표현한 것들이다.

　　나는 당초 루쉰의 『들풀』을 몇 가지 쟁점별로 분류하여 종합적으로 분석해 보일 생각이었으나, 어려움을 느꼈다. 그래서, 작품들을 꼼꼼하게 읽어 보는 것으로써 『들풀』 소개를 대신할까 한다.

「그림자의 고별」

이 작품에서 "그림자"影의 "고별" 대상인 "그대"形에 대해서는 여러 갈래로 해석할 수 있다. 내가 이해하기로는, "그대"形와 "나"影는 둘이 아닌 하나이다. "그대"는 '집단'群體적 존재로서, 사회 규범에 따라 살아간다. 반면에 "그림자"는 '개체'個體적 존재로, 사회 규범에 대한 반역자이다. "때가 어느 때인지 모를 때"란, 얼핏 보면 시간도 없고, 기억도 없음을 말한다. 그렇지만 마치 꿈을 꾸는 것처럼 한없이 가라앉다가 마침내는, 생명의 가장 깊은 곳에 자리한, 원시적 생명 본체의 기억과 생각이 떠오른다. 그리하여 "그림자"("나")는 '형체'("그대")에게 "작별을 고"하게 된다.

> 내가 싫어하는 것이 천당에 있으니, 나는 가지 않겠소. 내가 싫어하는 것이 지옥에 있으니, 나는 가지 않겠소. 내가 싫어하는 것이 미래의 황금세계에 있으니, 나는 가지 않겠소.
> 그런데 그대가, 내가 싫어하는 사람이오.
> 동무, 나는 그대를 따르고 싶지 않소. 나는 머무르지 않으려오.
> 나는 원치 않소!
> 오호오호, 나는 원치 않소. 나는 차라리 무지無地에서 방황하려 하오.

"내가 싫어한다", "나는 하지 않겠다", "나는 원치 않는다". 짤막한 다섯 구절 가운데 "나는 않는다/않겠다"는 말이 열한 차례나 나온다. 이는 강력한 주체 정신과 의지의 발로로서, 논의의 여지가 없는, 조건 없는 거부를 표명한 것이다.

첫째, 사람들이 천당 또는 지옥으로 간주하는 모든 현실적 존재를 거부한다. 둘째, 사람들이 설정한 미래 —— 한없이 아름답고 광명에 찬 "황금세계" 역시 "나"는 거부한다. 셋째, "그대" —— 이미 정해진 원

칙과 규범 속에서 살아가는 '집단'적 존재로서의 "그대"조차도 "나"는
거부한다.

　결국 이것은 '존재'有에 대한 거부이다. 이미 존재하는 것, 장차
존재할 것, 정해져 있는 모든 것에 대한 거부이다.

　"나는 차라리 무지無地에서 방황하려 하오." 여기에서 '무'無는
'유'有와 대립적이고, "방황"이 나타내는 유동적 상태 역시 "머무름"
이 나타내는 안정된 생명 상태와 대립적이다. "나"는 '유'를 거부하
고 '무'를 선택한다. "나"는 "머무름"을 거부하고 "방황"을 선택한다.
나의 생명은 언제까지고 '무' 속에서 흘러 움직일流動 것이다. 이것이
"나"의 선택이다.

　그렇다면, "나"는 누구인가? 나는 "한낱 그림자에 지나지 않는"
다. 집단으로부터 분리된, 육체의 형상形狀으로부터 분리된 '정신적
개체'이다.

　그렇다면 "나"는 장차 어떤 운명에 놓일 것인가? "암흑이 나를
삼킬 것이다." 내가 현존하는 낡은 규범 —— 암흑에 반항하기 때문이
다. "그러나 광명 역시 나를 사라지게 할 것이다." "나"는 암흑과 공생
하는 존재로서, 암흑을 교란攪亂하는 데서 "나"의 가치가 구현되는 까
닭에, 암흑이 사라지면 "나"도 사라질 수밖에 없다. "삼키움"과 "사라
짐"이 나의, 필연적임과 동시에 유일한, 운명이다.

　그렇다면 혹시 "밝음과 어둠 사이에서 방황"할 수 있을까? ——
"그러나 나는" 그렇게 하고 "싶지 않다." "나"는 결코 구차한 삶을 택
할 수 없다.

여기에서 "……지만/그러나"라는 말을 세 번씩이나 써 가면서 독립적 정신 개체가 마주하는 곤경을 기술하였다.

"내 잠시 거무스레한 손을 들어 술 한잔 비우는 시늉을 하리다. 나는 때가 어느 때인지 모를 때에 홀로 먼 길을 가려오."——여기서 "그림자"의 다음과 같은 모습을 보게 된다. 그는, 마음속 가득 찬 고통으로 방황하고 망설이면서도 그걸 외려 짐짓 즐거운 양 시늉한 다음, 홀로 먼 길을 떠난다.

그러나 정말 홀로 먼 길을 떠나려 할 때 이런저런 망설임이 없을 수 없다. 어느 때를 골라 떠날 것인가? "만약 황혼이라면, 밤의 어둠이 절로 나를 침몰시킬 것이나, 그렇지 않다면 나는 낮의 밝음에 사라질 것이오, 만약 지금이 여명이라면."

"동무, 때가 되어 가오." 아무래도 결정을 해야 한다. "나는 암흑을 향하여 무지에서 방황할 것이오."——결국, 암흑을 향하여 나아갈 것을 선택하였다.

길 떠나기에 앞서 "그대는 아직도 내게 선물을 기대하오"라 말한다. 그런 다음 "내가 그대에게 무얼 줄 수 있겠소?"라 한다. 이는, '내게 아직 무엇이 남아 있겠소'라는 뜻이다. "없소이다. 설령 (줄 게) 있다고 하여도 여전히 암흑과 공허일 뿐이오."——내게 남아 있는 것은 암흑, 공허일 뿐이다. "'암흑과 공허'만이 '실재'實有"이다. "그러나, 나는 그저 암흑이기를 바라오. 어쩌면 그대의 대낮 속에서 사라질 나는 그저 공허이기를 바라오. 결코 그대의 마음자리를 차지하지 않도록." 여기서 "나는 바라오"라는 말이 거듭되는데 이는 그 앞의 "나는 않는다/

않겠다"와 호응한다.──현재 존재하는 것現有과 장차 존재할 것將有을 거부하는 데서 시작하여 무無──암흑과 공허를 선택하는 데로 도달함으로써 하나의 역사적 과정을 완성한다.

나는 이렇게 하기를 바라오, 동무──나 홀로 먼 길을 가오. 그대가 없음은 물론 다른 그림자도 암흑 속에는 없을 것이오. 내가 암흑 속에 가라앉을 때에, 세계가 온전히 나 자신에 속할 것이오.

이때 하나의 전환이 이뤄진다는 점에 주목하기 바란다. 홀로 먼 길을 떠나 암흑 속으로 가라앉을 때에 "나"는, 철저한 공空과 무無에 도달하지만, 이 같은 떠맡음, 파멸 속에서 최대의 유有를 획득한다. "무망무제의 검은 솜 같은 커다란 덩어리 속에 싸여"(『풍월이야기』, 「밤의 송가」) 들어감으로써, "세계가 온전히 나 자신에 속하게" 된다. 생명의 어두운暗黑 체험 속에서 '무'에서 '유'로의 전환이 실현되는 것이다. 어찌 보면 외재적 세계의 '유'를 거부하고 자아 생명의 '무'에서 '대유'大有에 도달하는 그 과정이, 보다 중요한 의미를 가질 것이다.

방금 나는 생명의 어두운 체험이라고 하였다. 이것은 마주칠 수는 있으나 추구할 수는 없는, 인생살이에서 도달하기 어려운 생명 체험이다. 어느 연구자가 말한 것처럼 이는 생명에 대한 일종의 탐닉이며, "차분하면서도 충만하고, 태연하면서도 용기 있고, 자신만만하고 존엄하기 그지없는", 말로 표현하기 어려운, 생명의 명징한 상태이다. 생명의 깜깜한 동굴, 이 동굴은 모든 빛을 빨아들여 속에 감추어두고 있다. 거기에 일종의 내재적, 본질적인 광명, "암흑으로 가득찬 광명"이 존재한다(왕첸쿤王乾坤, 『루쉰의 생명 철학』魯迅的生命哲學, 런민문학출판사, 1999, 321~340쪽). 루쉰 자신도 다음과 같이 말하였다. "밤을 사랑하는 사람은 밤을 듣는 귀와 밤을 보는 눈이 있기 마련이어서 어둠 속에서 모든 어둠을 본다." "밤을 사랑하는 사람은 그리하여 밤이 베푸는 광명을 받아들인다."(『풍월이야기』, 「밤의 송가」) 루쉰은 "밤을 사랑하는 사람"이었다. 「그림자의 고별」뿐 아니라 『들풀』 전체가, "밤을 듣는 귀와 밤을 보는 눈"으로 그가 듣고 본 "모든 어둠" 및 그가 받아들인 "밤이 베푸는 광명"으로 가득하다. 이것이 우리가 『들풀』을 읽을 때 가장 먼저 주의하고 틀어줄 점이다.

「그림자의 고별」은 사실상 두 가지 문제를 제기한 작품이다. 첫째, 그는 무엇을 거부하였는가? 둘째, 그는 무엇을 선택하고 떠맡았는가? 이것이 『들풀』의 기본 맥락이다.

이제 루쉰의 다른 작품들을 보기로 하자.

「동냥치」

이 작품을 읽을 때에 맨 먼저 떠오르는 느낌은 없는 곳이 없는 "먼지"이다. 그것이 영혼 속에까지 파고들어 자리하고 있지 않나 싶을 지경이다. 이것은 일종의 "먼지감感"이라 할 만한 것이다. 생명의 단조로움, 침중함, 숨막힘. 루쉰이 말한 대로 "그렇다. 사막이 여기에 있다. 꽃이 없고, 시가 없고, 빛이 없고 열이 없다. 예술이 없을 뿐만 아니라 취미가 없고 심지어는 호기심도 없다. 무거운 사沙……"(『열풍』, 「러시

아 가극단'을 위하여」) 생기가 없고 생명의 기쁨이 없고 "호기심"이 없
으니 그 어떤 욕망도 창조적 충동도 있을 수 없다. "먼지" 말고는 "담
장"이 있고, "담장" 말고는 "다른 몇 사람이 (있어서) 각자 제 길을 간
다." 이는 사람과 사람 사이의 소통 부재不在를 상징한다. 영혼의 격절
隔絶이 사회적·역사적 원인 때문만은 아니다. 인류 자체가 원인이다.
인간은, 그리하여, 언제까지고 "각자 제 길을 간다".「동냥치」가 첫머
리에서 대뜸 우리에게 보여 주는 것은 생명의 질식감과 단절감만은
아니다. 그보다 더한, 거의 절망에 가까운 고독한 생명 체험——마음
에 쟁여져 있는 암흑과 허무를 보여 준다.

그리하여 "구걸"(동냥)과 "보시"布施가 있게 된다. 처음에는 아이
가 "나"에게 "구걸"한다. "나"는 그것이 "장난"임을 알기에 보시를 거
절한다. 나중에는 입장을 바꾸어서 "나는 앞으로 어떤 방법으로 동냥
할까 생각하고 있었다." 아이와 마찬가지로 자신도 "다른 사람의 보
시를 받지 못할 것"이다. 이 작품에서도 우리는 "거부/거절"이라는 주
제를 보는 바이다. "나는 보시하지 않았"을 뿐 아니라 "보시하는 이의
머리꼭대기에 앉아, 성가셔하고, 의심하고, 미워한다."

여기서 "구걸"이니 "보시"니 한 것은 상징적 표현이다. 먼저 우리
는, "보시"를 따스함, 동정, 연민, 자애로움의 상징으로 볼 수 있다. 사
람들은 남들이 동정과 자애로움으로 자신을 대해 주기를 바라며, 자
신도 남에게 동정과 자애로움을 베풀고 싶어 한다. 이는 인간의 본능
인 것 같다. 하지만 루쉰은 거기에 의심의 눈길을 보낸다. 그 배후에
무엇이 숨어 있는가를 보려고 한다.「길손」에서도 이와 비슷한 전개

가 보이는데 다음과 같은 줄거리였다. "여자아이"가 "길손"을 동정하여 헝겊조각을 주는데, 이것은 말할 것도 없이 따스함과 동정, 사랑의 상징이다. "길손"은 처음에는 아주 기뻐하면서 헝겊조각을 받았다. 정신계의 고독한 전사로서, 그는 분명, 사랑과 따스함과 동정을 갈망하고 있었다. 그렇지만 잠시 생각해 본 뒤에 그는 단호하게 그것을 거절한다. 게다가 자기는 이렇게 "보시하는 사람"을 "저주"하게 될 것이라고 말한다. 루쉰이 훗날 이에 대해 설명한 적이 있다. 모든 사랑과 동정, 자신에게 주어지는 모든 보시는, 감정 면에서 큰 짐이 되어 보시한 사람에게 얽여 들게 되기 때문에, "초연하게 제 길을 걸을 수 없다." 때문에, 루쉰은 말한다. "반항하는 사람은 종종 '사랑'(고마움도 마찬가지) 때문에 고꾸라집니다. 그 길손이 여자아이의 헝겊조각 보시를 받아들였다면 아마 앞으로 나아가지 못했을 겁니다."(루쉰의 서신 「250411. 자오치원趙其文에게」) 정신계의 고독한 전사가 사상과 행동의 절대적 독립과 자유를 유지하고자 한다면 온정과 사랑을 포함하는 모든 감정적 얽임에서 벗어나야 한다. 남에게 "구걸"하지 않음은 물론 일체의 "보시"도 거부해야 한다. 이에 근거해서 우리는 이 같은 "구걸", "보시"를 사람과 사람 사이의 관계에 대한 고도의 개괄로 이해할 수 있다.──사람은 언제나 '타자'他者에게 '바라는' 바가 있고, 동시에 '베푸는' 바가 있다. 그런데 바라는 바가 있는 이상 '타자'에게 기대거나 심지어는 빌붙게 됨을 피하기 어렵다. 거꾸로, 보시 또한 상대로 하여금 내게 기대거나 빌붙게 만드는 결과를 피하기 어렵다.

루쉰은 "구걸"과 "보시"의 배후에 이런 식의 기댐/빌붙음이 있음을 보았다. 아주 독특하고 예리한 관찰이다. 게다가 현실 속의 "구걸"
은 거짓인 경우가 흔하지 않은가. 루쉰은, 불행에 빠져 구걸을 할 수밖
에 없게 된 사람들에 대해서는 본디, 자신이 그런 처지에 놓인 듯 이해
하고 동정하였다. 루쉰 자신이 "어지간한 생활을 하다가 밑바닥으로
추락"한 아픈 경험을 했고 "구걸"하도록 내몰린 굴욕적인 기억을 갖
고 있는 사람이다(거듭 강조하거니와, 루쉰은 시종일관 불행한 사람, 즉
생활 속의 약자 편에 서 있었다. 그는 그들이 생존하고 발전할 권리를 강
력하게 변호하였다. 그렇지만 그는 타인의 베풂이 아닌, 약자의 자강自强
을 강조하였다. 바로 이런 뜻에서 그는, "보시"를 미워하였다).

어떻든, 「동냥치」에서 그가 문제로 삼았던 것은 다음과 같은 것
이었다. 중국의 "동냥치"는 참으로 도움을 필요로 하는 사람이 아닌
경우가 있고, 불행에 빠져 있기는 하지만 자신이 처한 상황을 자각하
지 못하는 경우가 있다. 그 어떤 경우이건 "불쌍해 보이지 않는"다. 그
런 그들이 "장난인가 싶"게 "구걸"을 하거나, "따라붙으며 질질 짜"거
나, 벙어리 "시늉"을 하고 있었다. 루쉰은 그들의 '구걸 방법'에서 '거
짓'虛僞과 '연극'做戲을 발견했다. 슬픔(불행)이 무엇인지 모르면서 슬
픔(불행)을 연기하려 한다. 이 같은 이중의 비틀림이 루쉰의 정감에
파란을 일으켰다. 그는 그들에게 "성가셔함, 의심, 미움"!을 준다. 이
리하여 다시 한번 루쉰식의 거부/거절이 나온다. 이번에 거부한 것은
'따스함, 동정, 연민과 자애로움'이다. 여기에서도 그는 '무'無를 선택
한 것이다. "나는, 무위와 침묵으로 동냥하리라!…… 나는 적어도, 허
무는 얻을 것이다." 연약함을 초래할 수도 있는 심리적 욕구(보시·동

정·연민 따위)와 정감적 연계('보시하는 마음')를 모조리 몰아내고 끊음으로써 철석鐵石처럼 냉랭한 마음을 주조鑄造하여, 몇 곱절 더한 악으로 악을 대하고, 몇 곱절 더한 어둠으로 어둠을 상대하였다. 모든 것을 거부("무위와 침묵")하고 상대방과 함께 멸망하는 데에서 '복수'의 쾌감을 느꼈다. 루쉰의 이 같은 선택은, 양날을 가진 칼이었다. 자신의 적에게 강력한 살상력을 지님과 동시에, 당연하게도, 자기 자신을 해치게 되는. 이것이 그의 내적 영혼에서 볼 수 있는 "독기毒氣와 귀기鬼氣"의 또 다른 면을 구성한다. 이 때문에 루쉰은, 자기 자신 역시 "보시의 윗자리에 서 있다고 자처하는 사람들의 성가셔함, 의심, 미움을 살 것"이라 하였다.──상대를 겨누어 행한 것은 장차 자기 자신에게 되돌아올 것이었다. 이는 실로 잔혹하고 무서운 일이다. 이처럼 '자해'自害적인 루쉰의 선택은 치러야 할 대가가 너무 클 뿐 아니라 똑같이 따라하기가 쉽지 않다. 자칫하면 '범 흉내를 내려다가 개가 되고 마는' 수가 있다. 루쉰이, 자신의 『들풀』(당연히 「동냥치」도 포함된다)을 두고, 젊은이들이 읽기에는 적합하지 않다고 여러 차례 말한 것도 아마 이 때문일 것이다.

　　그런데 이 같은 '자해'적 선택은 루쉰을 괴롭히고 있었다. 그는 글과 서신에서 이 점을 여러 차례 언급하였다. 몇몇 자료를 아래에 베껴 놓는다.

　　현대평론파와 논쟁할 때 그는 이렇게 썼다. "내가 증오하는 자들이 너무 많으니, 나도 증오를 사야 마땅할 것이다. 그래야 얼마간 인간 세상에서 사는 것 같을 것이다. 만약 내가 받는 것이 정반대로 보시라면 나로서는 오히려 비웃음을 산 꼴이 될 것이니 나라도 스스로를 모욕해야 할 것이다."(『화개집』, 「나의 '적'籍과 '계'系」)

한 젊은이에게 보낸 편지에서는 이렇게 썼다. "당신이 곧잘 감격하는 것은 자신에게 해롭습니다. 멀리 더 높이 갈 수 없게 만들기 때문입니다. 내가 어느 것 하나 이루어 놓은 게 없는 것도 그런 성미 때문입니다. …… 나는 당신이 이런 자질구레한 일을 되새기지 말고, 전향적으로 진취적으로 되기를 바랍니다."(서신 「250408. 자오치원에게」)

단편소설 「검을 벼린 이야기」에서 "검은 사람" 연지오자가 말한 다음 구절도 어떤 의미에서는 루쉰 자신의 마음의 소리라 할 것이다. "다시는 그런 수치스러운 호칭을 거론하지 말아라. …… 의협심이니 동정심이니 하는 그런 것들, 이전에는 깨끗했었지. 그러나 지금은 모두 너절한 적선의 밑천으로 변해 버렸어. 내 마음엔 네가 말하는 그런 것들이 조금도 없다. 난 그저 네 원수를 갚아 주려는 것뿐이다! …… 내가 얼마나 원수를 잘 갚는지 너는 아직 모르겠지. 너의 원수가 바로 내 원수이고, 그 원수가 곧 나이기도 하단다. 내 영혼에는, 다른 사람과 내가 만든 숱한 상처가 있단다. 나는 벌써부터 내 자신을 증오하고 있단다!"(『새로 쓴 옛날이야기』, 「검을 벼린 이야기」)

이 같은 영혼의 고백을 읽노라면 충격을 받지 않을 수 없다.

「희망」

이 작품 역시 생명 존재에서 자신이 받은 느낌과 체험으로부터 이야기가 시작된다.

나의 마음은 아주 적막하다.

그러나 나의 마음은, 평안하다. 애증愛憎이 없고 애락哀樂이 없고 색깔도 소리도 없다.

내가 늙은 게다. 희끗한 머리칼이 증거 아닌가? 내 떨리는 손이 증거 아닌가? 그렇다면, 내 영혼의 손도 떨리고 있을 것이며, 영혼의 머리칼도 희끗희끗할 것이다.

이것은 생명의 "평안"한 상태를 말하고 있다.『들풀』에서 루쉰은 여러 작품에서 "태평"을 언급하였다.「잃어버린 좋은 지옥」은 처음부터 지옥의 "태평"을 말하였다. "모든 귀신들이 울부짖는 소리가 나지막하나 질서 있었다."「이러한 전사」에서도 "아무도, 전투의 함성을 듣지 못한다. 태평."이라고 썼다. "태평"이란 평온하고 질서있는 상태를 말한다.「눈을 크게 뜨고 볼 것에 대하여」(『무덤』) 속 표현에 따르면 "문제가 없고, 결함이 없고, 불평이 없고, 그렇기 때문에 해결이 없고, 개혁이 없고, 반항이 없"는 상태이다. 루쉰이 보기에 이런 것은 "잠시 안정적으로 노예가 된 시대"(『무덤』,「등하만필」)에 지나지 않는다. 거짓된 표면적 "태평"이 땅 아래 진실한 모순과 고통을 가려 버려서 귀신들의 "울부짖는 소리"와 신음 소리도 "나지막"하게 되고 말았다. 루쉰은 "들풀을 장식으로 삼는 이 땅을 증오한다"고 하였다. 그런 그는 이 땅의 "태평"을 더더욱 증오하였다. 그가 보기에 "전투의 함성이 들리지 않는" 이 같은 "태평"이 무서운 것은, 그것이 인간 영혼의 "태평"을 가져오기 때문이다. "애증이 없고 애락이 없고 색깔도 소리도 없다.” 이런 가운데 생명의 활력이 질식되고 마모된다. 루쉰은 이에 생명의 “노”老화를 의식하였다. 생리적 노화만은 아니다(루쉰은 이때 겨우 45살이었다). “나의 영혼의 손도 떨리고 있을 것이며, 영혼의 머리칼도 희끗희끗할 것”임을 의식하였다. “평안” 속에서 영혼이 늙어간다는 것은 간을 오그라들게 만드는 명제이다. 루쉰은 이 점을 발견하였고, 이것을 거부하기로 하였다.

이리하여, 역사적인 탐색이 다시 한번 시작된다. “전에는 내 마음도 피비린내 나는 노랫소리로 가득하였다.” 희망에 찬 시절이 있었으나, “문득 이런 모든 것이 공허해졌다.” 하릴없어 “자기 기만적 희망”을 방패삼아 “공허 속 어둔 밤의 내습來襲에 항거하였다. 방패 뒤쪽도 공허 속의 어둔 밤이기는 마찬가지이건만.” 이 때문에 “나”는 “내 청춘을, 줄곧 소진하고 있었다.”——“나”는, “몸 밖의 청춘”에 잠시 희망을 걸어 본다. “별, 달빛, 말라 죽은 나비, 어둠 속의 꽃, 부엉이의 불길한 예언, 소쩍새의 토혈, 웃는 것의 막막함, 사랑의 춤사위……”가 그것들인데, “서글프고 덧없을”망정 “청춘은 청춘이다”. 그런데 지금, 돌연, 주위가 “적막”(그것은 “태평”이기도 하다)한 것을 알아 차렸다. “몸 밖의 청춘도 죄다 스러지고 세상 청년들이 죄 늙어지고 말았단 말인가?”—— 참으로 이는, 걸음마다 줄줄이 뒷걸음치는 상황이다. “희망”이 깡그리 소진되는 과정이다.

…… 나는 희망이라는 방패를 내려놓고 페퇴피 샨도르의 ‘희망’의 노래에 귀 기울였다.

희망이란 무엇인가? 창녀.

그는 누구에게나 웃음 짓고, 모든 것을 준다.

그대가 가장 큰 보물——

그대의 청춘을 바쳤을 때, 그는 그대를 버린다.

이것도 실은 루쉰의 발견이다. 그는 "희망"의 기만성과 허망함을 발견하였다. 이것은 '유'에서 '무'에 이르는 과정이기도 하다.

그렇지만, 그래도 걸음을 내디뎌야 했다. "절망이 허망한 것은 희망이 그러한 것과 마찬가지이다."

일반적인 논리에 따르면, "희망"이 절대적인 기만인 이상 그것은 "절망"으로 돌아설 수밖에 없다. 그러나 사람들이 지적하는 것처럼 "이런 류의 절망은, 여전히 속으로는 '망'望(바라봄/바람)을 참조하고 있다." "부정의 방식으로 '희망'을 인정하는 것이다."(왕첸쿤, 『루쉰의 생명 철학』, 325쪽) 철저하게 "희망"을 버리자면 "절망" 또한 버려야 한다. 양자를 모두 허망한 것으로 만들어 텅 비게 되었을 때 비로소 철저한 '무'에 도달할 수 있다.

그리하여 다시금 홀로 떠맡는 일이 벌어지게 된다.

나는 몸소 이 공허 속의 어두운 밤과 육박하는 수밖에 없다. 몸 밖에서 청춘을 찾지 못한다면 내 몸 안의 어둠이라도 몰아내야 한다.

"육박"肉薄은 몸을 부딪쳐 싸우는 것으로, 정신적인 "희망", "절망"과는 무관하다. "암흑을 교란한다"는 것이 그것으로, '결과'를 따지지 않고 '의의'도 추구하지 않는다. 게다가 "나" 혼자서 행하는 것으로, 다른 사람과는 관계없다.——이는 "내가 암흑 속에 가라앉을 때에, 세계가 온전히 나 자신에 속할 것이오"라고 「그림자의 고별」에서 말한 바로 그 경지와 흡사하다. 이 역시 철두철미한 '무'에서 '유'로의 전환이라 하겠다.

그러나, 작품 말미에 또 다음과 같은 무서운 말을 남겼다.

그러나, 어둔 밤은 어디 있는가?…… 내 앞에도 참된 어둔 밤이 없다.

반항이라는 무거운 짐을 홀로 짊어지기로 할 때에 문득, 반항 대상이 존재하지 않음을 발견한 것이다!

이 대목에서 루쉰의 또 다른 작품 「이러한 전사」를 보기로 하자.

앞서 지적한 대로 루쉰은, "「이러한 전사」는 문인·학자들이 군벌을 돕고 있는 데서 느낀 바 있어서 썼다"고 했다. 루쉰은 천위안^{陳源}과 논쟁하던 때에 여러 차례 "벽에 부딪침"^{碰壁}을 언급한 적 있다. 그는 문인·학자들의 공격을 '담장'^墻, 그것도 '귀신이 만들어 놓은 담장'^{鬼打}^墻에 비유하였다. 존재하는 건 분명한데 형체가 없다. 루쉰은 「이러한 전사」에서 이런 느낌을 "무물^{無物}의 진^陣"이란 말로 표현하였다.

그러나 그는 투창을 들었다.

……

다들 맥없이 넘어졌다.──그렇지만 넘어진 건 외투뿐이었다. 속에는 아무것도 없었다.……

그러나 그는 투창을 들었다. 그는 무물의 진 속에서 큰 걸음으로 걸었다. 또다시, 한 본새의 인사, 각종의 깃발, 각가지 외투……와 마주쳤다.

그러나 그는 투창을 들었다.

그는 마침내 무물의 진 속에서 늙고, 죽었다. 그는 결국 전사가 못 되었다. 무물의 물物이 승자였다.

사람들은 먼저 "무물의 진"에 있는 "깃발"과 "외투"에 주목한다. "깃발"에는 "자선가, 학자, 문인, 원로, 아인雅人, 군자……" 등 "각가지 좋은 명칭을 수놓았다." "외투"에는 또 "학문, 도덕, 국수國粹, 민의民意, 논리, 공의公義, 동방문명……" 등 "여러 가지 좋은 무늬를 수놓았다." 아름다운 낱말들이 거의 다 포함되어 있는데, 전자는 신분을 표시하는 낱말이며, 후자는 가치를 표시하는 낱말이다. 그것들이 모두 "무물"의 "진"에 독점되어 있는 것이다. 이는, 루쉰과 같은 정신계의 "전사"가 [타자에 의하여─옮긴이] 독점된 담론 환경과 대면하고 있었고, 그 배후에는 사회적 신분과 사회의 기본 가치척도에 대한 독점이 자리하고 있었음을 의미한다. 그런데 이렇듯 독점된 담론은, 낱말이 갖는 표면적인 뜻과 실질과의 분리, 극도의 비非진실성과 기만성을 특징으로 한다. 신분 어휘와 가치 어휘의 독점은 바로, 기만적인 담론 질서와 사회 질서의 건립 및 독점을 의미한다. 그런가 하면, 담론권의 독점

자들은 이를 가지고 이색분자——정신계의 "전사"를 억압하고 배제하고 순화시키고 유혹한다. 여기 들어오려면 굴복하라, 거부하면 배척될 것이다. 그러나 루쉰 같은 정신계의 "전사"는 거개가 망설임 없이 자신의 선택을 행한다.

그는 맨몸으로, 야만인이 쓰는 투창만 들고 있다.
……
그는 엷게 웃으면서 한쪽으로 치우치게 창을 던졌고, 창은 심장에 명중하였다.

이것이야말로 가장 철저한 거부/거절이며 반항이다. 기존의, 독점된, 기만적인 신분 어휘와 가치 어휘 (및 그 배후의 담론 질서와 사회 질서)에 대한 거절과 반항이다. 이것 역시 '무'에 대한 선택이다. 뿐만 아니라 그것은, 홀로 떠맡음이다.——담론을 자신의 기본적 존재 방식으로 하는 지식인에게, 이 같은 거절과 반항은, 근본적이고 특수한, 엄숙한 문제이다.

「복수」, 「복수(2)」

여기서는 "무물의 진"의 또 다른 측면을 표현하였다. 정신계의 "전사"는 자신이 몸 바쳐 분투하는 복무 대상——군중과 대면한다. 그것은 한 무리의 "이름 없고 의식意識 없는 살인단殺人團"으로, 잔혹함과 연기演技를 감상하는 "구경꾼"이다. 보라——

그 두 사람은 온몸을 발가벗은 채 비수를 들고 광막한 광야에 마주
섰다.

그 둘은 보듬을 것이고, 죽일 것이다…….

행인들이 사방에서 달려온다. 겹겹이, 빼곡하게, …… 또한, 죽자 사
자 목을 세워, 이 포옹 혹은 살육을 감상하자고 한다. 그들은 그런 일
이 있은 뒤에 있을, 제 혓바닥의 땀 또는 피의 생생한 맛을 예감한다.

생명력의 자연스러운 발산, 생명의 진실하고 성실한 격투와 몸
부림이 "행인"들 눈에는 연기演技로만 보인다. 그들은 단지 "감상"하
고 싶어서 사방에서 달음질쳐 왔다. 무료한 삶 속에서 짜릿한 자극
을 얻고자, 희생자의 선혈鮮血로 제 자신의 마비된 영혼을 위로하고
자. 이 같은 감상 과정에서 "전사"의 비장한 노력과 숭고한 희생은 모
두 연극이 되고 만다. "하하 하는 웃음" 속에서 진실한("문인·학자"들
의 거짓과 다른) 의미와 가치가 철저히 무화無化된다. 이 또한 '유'에서
'무'로의 전환이지만, 이는 절대적으로 부정적인 경우로 기껏해야 '무
료한 느낌'을 낳을 뿐이다. 이 역시 시도 때도 없이 루쉰을 옭아맨 생
명 체험이었다. 이런 상황에서 유일하게 선택할 수 있는 것은 '무'로
써 '무'를 상대하는 것이다. 연기를 거부하고, 동작을 거부한다. "보듬
지도 않고 죽이지도 않는다. 뿐이랴, 보듬을 생각도 죽일 생각도 있어
보이지 않다." 행인들의 "감상"에 "무위"無爲로써 대항하여 그 "감상"
을 무화시킨다. 그들을 "무료"한 지경으로 몰아넣고 자기 쪽에서 "죽
은 사람 같은 눈빛으로, 행인들의 메마름, 피가 없는 대살육"을 감상

한다. '봄看과 보임被看'의 구조를 전도시킴으로써 "복수"의 쾌감을 느낀다.

「죽은 불」

내가 일찍이, 루쉰의 『들풀』에 기기묘묘한 글이 여럿 있다고 하였는데, 「죽은 불」도 그 가운데 하나이다. 무엇보다도 제목 자체가 모순적이다. 생명의 "불"이 "죽"어 있다니. 이는 루쉰 사고의 특징을 전형적으로 보여 준다. '사망'과 '생존'을 단일한 시각에서 보는 게 아니라, 양방향적 시각에서, 삶과 죽음의 관계 속에서 바라보면서 "불"에 대하여 상상하였다. 이리하여 "나"와 "죽은 불"의 기이한 만남이 있게 되었고, "나"와 "불" 사이에 생명 선택에 관한 철학적 토론이 있게 된다. 다음과 같은 문제가 제기된다. "죽은 불"이 "얼음골짜기"를 빠져나가지 않으면 "얼어 죽고"凍滅 말 것이다. 빠져나간 뒤에도 계속 타오른다면 "타서 없어지고"燒完 말 것이다. 사실 이 점은 모든 생명 개체가 직면하고 있는 문제이다. 무위無爲를 택한다면 필연적으로 "얼어 죽게" 되고, 유위有爲를 택한다고 해도 "타서 없어지게" 된다. 누구든 죽음의 숙명에서 벗어날 수 없다. 사람은 단지 죽음이라는 이 숙명을 전제로 극히 유한한 선택을 할 수 있을 뿐이다. "죽은 불"은 얼어 죽기보다는 "차라리 타서 없어지"는 쪽을 택했다. 루쉰과 같은 "전사"들 역시 "안 될 줄을 알면서도 실천을 하는"知其不可而爲之(『논어』論語, 「헌문」憲問), 즉 "타서 없어지"는 쪽을 택했다. 적어도 "타는"(몸부림) 순간에는 빛을 낼 것이다. 설령 그 빛이 미약하다 할지라도. 그들은 최후의 결과보다 생명의 과정을 중시하였다. 다른 각도에서 보면, "전사"는 이런 선택을 하는 그 순간 자신의 비극적 결말을 예측하게 된다. 때문에 이 작품은 자신의 선택에 대한 질의質疑로 간주할 수도 있다. 루쉰은 종래로 선택 자체에 절대적 이상적 가치를 부여한 적이 없다. 그것은 숙명을 전제로 해서 행하는 극히 유한한 선택일 뿐이다. 루쉰의 이같은 생각에는 상당한 무력감이 담겨 있다.

한편, '무위'無爲/凍滅를 루쉰이 거부한 것 또한 중대한 의미를 갖는다. 이러한 거부는 루쉰의 일생을 관통하고 있다. 20세기 초에 이미 「마라시력설」摩羅詩力說에서 노자의 "무위를 통한 다스림"無爲之治을 날카롭게 비판하였고, 타계하기 전에도 "하는 바도 없고 하지 않는 바도 없다"無爲而無不爲는 노자를 "아무것도 하지 않고 큰소리만 치는 공론가"(『차개정잡문 말편』, 「「관문을 떠난 이야기」에서의 '관문'」)라 비판하였다. 거기에 반해 루쉰은 시종일관 "절망적 반항"을 견지하였다. '얼어 죽느니, 차라리 타서 없어지겠다'고 한 것은, 절망적 선택인 동시에 절망에 대한 반항이다.

「빗돌 글」

먼저 빗돌에 새겨진 글자를 보자.

……호탕한 노래 열광 속에서 추위를 먹고, 천상에서 심연을 보다. 모든 눈에서 무소유를 보고, 희망 없음에서 구원을 얻다.……

여기 보이는 두 벌의 개념들에 주목해 보자. "호탕한 노래, 열광"浩歌狂熱, "천상"天上, "모든"一切, "희망". 이것들은 사회의 절대다수 사람들의 관습적 사고에서 볼 수 있는 현실 경험과 논리이다.「그림자의 고별」에서 "그림자"가 느꼈던 것이라고도 하겠다. 그러나 그것은 거짓된 것이다. 루쉰은 또 다른 눈, 즉 사람들이 '제2의 눈'이라 부르는 것으로 그것들을 보았다. 그는 "추위", "심연"深淵, "무소유"無所有, "희망 없음"을 보았다. 이는 분명 전자, 즉 기존의, 관습적인, 대다수 사람들의 경험과 논리에 대한 거부요 반박이다. 이편이 보다 진실하다. "희망 없음에서 구원을 얻다"라는 명제는, 오직 기존의 거짓된 경험과 논리를 버리고 '무'에 도달할 때에 비로소 "구원을 얻을" 수 있다는 것을 표명한다.

그러나 이처럼 스스로를 관습적 사회로부터 구별짓는 "전사"는, 필연적으로 고독할 수밖에 없다. "떠도는 혼 하나가 긴 뱀으로 변하다. 독이빨로, 남을 물지 아니하고 제 몸을 물다. 마침내 죽다." 이것은 일종의 회귀이다. 현존하는 일체의 경험, 논리, 질서를 상대로 했던 거부와 반역이 이제는 스스로에 대한 회의, 거부, 반역으로 돌아선다. "제 몸을 물다"라 한 것이 그것인데, 이는 앞서 우리가 말한 바 있는 '철저한 비움', 철저한 '공허'와 '무'에 도달함을 의미한다. 그렇게 했을 때 비로소 "본디 맛"을 따져볼 수 있다. "심장을 후벼 스스로 먹다. 본디 맛을 알고자"라 한 것이 그것이다. 여기서 "본디 맛"이란 인간 존재의 기점起點에서 확인할 수 있는, 현존하는 경험, 논리, 질서에 아직 침식되지 않은 본래의 참된 상태를 뜻한다.

그렇지만, "본디 맛"을 어찌 알 수 있을 것이며, 어떤 방법으로 알 수 있을까? 본래의 참된 상태는 알 수도 없고 알 길도 없다. 이는 자아에 대한 회의 정신의 극치이다. "대답하라. 않겠거든, 떠나라!⋯⋯" 이 항구적인 물음, 영원히 따져볼 수 없는 "본디 맛" 앞에서 인간은 "줄달음쳐" 달아날 수밖에 없다.

「무너지는 선(線)의 떨림」

이것은 『들풀』에서 가장 충격적인 작품일 것이다. 작품 속 늙은 여인의 운명은, 정신계의 "전사"와 그가 살아가는 세계, 그리고 현실적 인간 세상과의 진실한 관계를 상징적으로 보여 준다. 극도의 굴욕을 맛보면서도 정성을 다하여 모든 것을 바쳤지만 그는, 그 같은 희생 덕에 장성한 젊은 세대(심지어 천진한 어린아이까지도) 내지는 사회 전체에 의하여 버림받고 쫓겨난다. 이 같은 운명은, 루쉰에게 각별히 심각한 의미를 갖는다. 그것 자체가 "암흑의 갑문을 어깨로 떠받쳐" 젊은 세대를 "광명한 곳으로" 내보내고자 했던 루쉰 자신의 역사적 선택에 대한 질의가 되고 있는 것이다. 이로 말미암아 야기된 정감적 반응과 선택이 참으로 충격적이다.

그녀는, 냉정冷靜하게, 앙상한 석상石像처럼, 우뚝 일어섰다. 그녀는 널문을 열고 깊은 밤 속으로 걸어 나갔다. 싸늘한 욕설, 독한 웃음을 등 뒤에 남겨 둔 채.

여기서 한 차례 전환이 일어난다. 본디 사회의 버림을 받았던 그가 이제 사회를 버리고 거부한다.

그녀는 발가벗은 몸으로, 앙상한 석상처럼, 거친 벌판 한가운데에 우뚝 섰다. 찰나간에, 지나간 모든 것을 보았다. 굶주림, 고통, 놀람, 수치심, 기쁨. 이에, 떨었다. 망쳤다, 견딜 수 없다, 그런 소리. 이에, 경련하였다. 죽여. 이에, 평정을 얻었다.…… 다시, 찰나간에 모든 것이 합쳐졌다. 그리움과 결별, 애무와 복수, 양육과 멸절, 축복과 저주.…… 이에 그녀는 하늘 향해 두 팔을 벌리고 입술 사이로, 사람과 짐승의, 인간 세상에는 없는, 그래서 낱말이 없는 언어를 흘렸다.

여기에는, "전사"와 현실세계 간의 복잡하기 이를 데 없는 감정적 관계가 드러나 있다. 버림받은 이단으로서, 전사는 당연히 이 사회와 "결별"해야 한다. 또한 "복수", "멸절", "저주"의 욕념이 가득해야 한다. 그럼에도 그는 정감적 관계를 끊어 버리지 못하여 여전히, "그리움", "애무", "양육", "축복"의 정에 엮여 있다. 이처럼 모순된 정감 배후에는 보다 모순되고 난감한 그의 처지가 자리하고 있었다. 사회가 그를 버렸을 뿐 아니라, 그 자신도 사회를 버렸다. 이런 의미에서 그는 이미 이 사회 시스템 속에 존재하지 않는다. 그러하기에 그는, 이 시스템에 속한 그 어떤 언어로도 스스로를 표현할 수 없고, 그렇게 하기를 바라지도 않는다. 그렇지만 사실 그는 이 사회'에서' 살아간다. 사회적 관계에 있어서건 정감적 관계에 있어서건, 이 사회와 엮여 있다. 만약 자기가 입을 연다면, 이 사회의 기존 경험, 논리, 언어 속에 빠져들 것이고, 이렇게 되면 말로 형용할 수 없는 곤혹에서 벗어날 수 없다. 그래서 '실어'失語 상태에 빠지는 것이다. "이에 그녀는 하늘 향해 두 팔을 벌리고 입술 사이로, 사람과 짐승의, 인간 세상에는 없는, 그래서 낱말이 없는 언어를 흘렸다." 이것은, 아주 심각하고 비극적인, '무'의 선택이다. 현실의 인간사회 언어로 스스로를 표현할 수 없고, 그렇게 하고 싶지도 않으니, "인간 세상에 없는, 그래서 낱말이 없는 언어"를 사용할 수밖에 없다. 참으로 독립적 비판적 지식인이라면, 그의 참된 목소리는 침묵과 무언無言 속에서 드러날 것이다. 작품에서 "인간 세상에 없는, 그래서 낱말이 없는 언어"란 인간 세상의 경험이나 논리에 아직 침식되지 않은 언어, 오직, 소외되지 않은 '비非 인간 세상'에서나 찾아볼 수 있는 그런 것이다. 때문에 ——

그녀가 낱말 없는 언어를 말할 때에, 그녀의, 위대하기가 석상과 같은, 그러나 이미 황폐해진, 무너지는 몸 전체가 떨리었다. 그 떨림은 비늘처럼 점점이 이어졌고, 비늘 하나하나가, 들끓는 물처럼 출렁였다. 폭풍우 속 거친 바다의 파도처럼.

이에 그녀는 눈을 들어 하늘을 향했다. 낱말 없는 언어도 침묵에 들었다. 오로지 떨림만이 햇살처럼 퍼졌다. 그것은 허공 중의 파도를 즉각 맴돌게 하였고, 바다폭풍처럼 파도를, 가없는 황야에 숫구쳐 흐르게 하였다.

아주 정채로운 단락이다. 비범한 경지를 보여 준다. "인간 세상"의 모든 것을 거절하고 '비非인간 세상'으로 돌아왔다. "침묵"하는 "가없는 황야"가 실은 보다 참된 세계이다. 어떤 점에서는, 이것이 바로 루쉰의 내면 세계였다. 이 세계가 보다 참되다.「그림자의 고별」에서 "그림자"가 가없는 암흑 속에서 한량없는 풍부함, 한량없는 광대함, 한량없는 자유를 얻은 것처럼. 이 구절은, 내가 보기에, 가장 루쉰적인 문장이다. 솔직히 말해서, 루쉰의 모든 작품 가운데 이 부분이 나를 마음뿐 아니라 얼굴 표정까지도 들뜨게 만든 가장 감동적인 구절이다.

이제 마지막으로,「길손」을 이야기해 보자. 이것은 루쉰이 자신의 생명철학을 총괄한 작품이라고 할 수 있다.

우리가 마주친 "길손"은 이러하다.——"삼사십 살가량. 몹시 지쳐 있지만 고집 있어 보인다. 어두운 눈빛, 검은 수염, 흐트러진 머리카락, 너덜너덜한 검정색 몽당 바지저고리, 맨발에, 헤진 신발. 겨드랑 아래 보퉁이를 끼었고, 키 높이의 대지팡이를 짚었다."——이는 광야에서 바쁘게 길을 가는 '길손'의 전형인데, 자연스럽게 루쉰 본인의 모습을 연상시킨다. 말이 나온 김에 이야기 하자면, 루쉰 작품 가운데에 "시꺼먼 사람" 일족이 있고, 그들은 루쉰 본인과 밀접한 관련이 있다.「검을 벼린 이야기」의 옌즈아오,「치수」의 우禹,「공격하지 말라」非攻의 묵자 등이 그들인데, 이 작품 속 "길손"도 그 가운데 하나이다. 우리는 심지어, "과객"이 바로 루쉰 자신에 대한 명명命名이라고 할 수도 있다. 그는 앞을 향하여 나아가는 모습으로 우리 앞에 출현한다. 우연찮게 한 늙은이를 만나는데, 늙은이가 그에게 세 가지 물음을 던졌다. "존함이 어찌 되십니까?" "어디서 오시는 길이오?" "어디로 가시는지?" 그런데 그는 모두 "저도 모릅니다"이다. 이 세 가지 문제는 20세기에 인류 전체, 서방의 철인과 동방의 철인들 모두가 동시에 직면하였던 '세기적 문제'라 하겠다. 그런데 루쉰의 대답은 모두 "저도 모릅니다"였던 것이다.—이 대답 자체가 커다란 의미를 갖고 있다. 보다 중요한 것은 "길손"의 선택이었을지 모른다. 사실 그에게는 세 갈래 선택할 수 있는 길이 주어져 있었다.

하나는, "돌아가"는 것이다. "길손"은 단호하게 거부하였다. 그는 말했다. "되돌아가 봤자 거기에는, 명분이 없는 곳이 없고, 지주가 없는 곳이 없으며, 추방과 감옥이 없는 곳이 없고, 겉에 바른 웃음이 없고, 눈시울에 눈물 없는 곳이 없습니다. 저는 그것들을 증오합니다. 돌아가지 않을 겁니다!" "길손"에게는 그것이 '마지노선'이었다. 그 어떤 노역奴役과 압박도 용인할 수 없고, 그 어떤 위선도 용인할 수 없었다. 둘째는, 멈추어서 "쉬"는 것이다. 늙은이가 그렇게 하도록 권하였지만 "길손"은 "그럴 수 없다"고 하였다. 마지막 남은 것은 앞으로 "나아가는" 것이다. 그런데, 문제가 또 하나 있다. "앞에 무엇이 있는가." 극중 인물 세 사람의 대답이 제각각이다. 여자아이는 앞에 아름다운 꽃밭이 있다고 하였다. 아마도 이건 미래에 대한 젊은 세대의 동경과 신념을 대표한 것일 게다. "늙은이"는, 앞에 무덤이 있다고 하였다. 앞쪽은 무덤이니 앞을 향해 나아갈 필요가 없다고 하였다. "길손"은, 앞이 무덤인 줄은 알고 있지만, 그래도 앞을 향하여 나아가겠다고 한다. 이는

"길손"의 선택이 희망에 부름을 받아 행해진 게 아님을 말해 준다. 그는 희망이 창녀에 지나지 않다는 걸 진즉부터 알고 있었다. 그렇다면 왜 그는, 그런데도 앞을 향해 나아가려 하는가? 그 무엇이 그로 하여금 부단히 앞을 향하여 나아가게 하는가? 그는 어떤 "소리"가 그를 부르고 있다 하였다. 이 소리는 늙은이도 들은 적 있었다. 그러나 늙은이가 알은체하지 않았더니 더 이상 부르지 않았다. 그러나 길손은 앞에서 부르는 그 소리를 외면할 수 없었다. 쉐이薛毅가 『낱말 없는 언어』無詞的言語(12쪽)에서 말한 것처럼, 그것은 그의 내재적 생명의 "절대 명령"이었다.──앞을 향하여 나아가라. 모든 것을 의심할 수 있지만, 한 가지 의심할 수 없는 것이 있다. 앞을 향해 나아가는 것이 그것이다. 나아간 결과가 어떠한지, 어떻게 나아갈지에 대해서는 토론해 볼 일이다. 그렇지만 논의의 여지가 없는 것이 한 가지 있다. 나아가야 한다는 사실이 그것이다. 이것은 생명의 '마지노선'이다. 이것만큼은 반드시 지켜내야 한다! 이것이 바로 루쉰이 다른 사람들과 다른 점이었다. 어떤 사람은 유토피아 이상세계가 자기를 기다리고 있기 때문에 나아간다. 만약 앞길이 결코 그렇게 이상적이지 않다고 생각되면 걸음을 멈춘다. 혹은, 주동적으로 유토피아의 이상을 팽개치고 나아가지 않는다. 또 어떤 사람은, 자신이 걷는 길에 대하여 신념에 차 있고, 어떻게 가야 할지에 대해서도 또렷하게 알고 있다. 후스가 그런 사람이었다. 루쉰은 달랐다. 나아간 뒤의 결과에 대해서 회의적이고, 어떻게 나아갈 것인가에 대해서도 회의적이었지만, 한 가지 것은 딱 부러지게 정해 놓고 있었다. "앞을 향하여 나아간다"는 것이 그것이다. 이것이 루쉰 생명의 마지노선 혹은 절대 명령이었다. 이것은 생명의 몸부림이었다. 이것은 모든 것을 꿰뚫어 보고 거부한, 철저한 '공'空과 '무'無 속에서 그가 유일하게 선택하고 견지한 것이었다.

이제 그가 맨 나중에 쓴 『들풀』 머리말(「제목에 부쳐」)이 남았다.
"침묵하고 있을 때 나는 충실함을 느낀다. 입을 열려고 하면 공허함을 느낀다."—루쉰에게 "충실"한 세계는 "침묵" 즉 '무'無/無言 가운데에 있었다.
"지난날의 생명은 벌써 죽었다. 나는 이 죽음을 크게 기뻐한다. 이로써 일찍이 살아 있었음을 알기 때문이다. 죽은 생명은 벌써 썩었다. 나는 이 썩음을 크게 기뻐한다. 이로써 공허하지 않았음을 알기 때문이다."——루쉰의 자아 생명 가치는, 죽음을 통하여 이해될 수 있다. 죽음을 통하여 삶을 알고, 죽음을 향하여 삶을 살았다. 죽음을 통하여, 생명의 가치를 체득하고 증명하였다. 이 때문에 그는 생명을 마주하여 "크게 기뻐한다".

나는 나의 들풀을 사랑한다. 그러나 나는 들풀을 장식으로 삼는 이 땅을 증오한다.
땅불이 땅 속에서 운행하며 치달린다. 용암이 터져 나오면 들풀과 큰 키나무를 깡그리 태워 없앨 것이다. 그리하여 썩을 것도 없게 될 것이다.
그러나 나는 평안하고, 기껍다. 나는 크게 웃고, 노래하리라.

루쉰은 들풀을 "사랑"하였다. 그것이 그의 생명이기 때문이다. 동시에 "땅불"이 "터져 나와" 들풀을 "깡그리 태워 없앨" 것을, 자아 생명의 훼멸을 통하여 새 세상의 도래가 입증되기를, 갈망하였다. 그렇게 된다면 "나는 크게 웃고, 노래하리라."

"가거라, 들풀이여, 나의 머리말과 함께!"——루쉰은 분명 『들풀』 집필을 통하여 자아 생명의 한 단계를 매듭짓고자 하였던 게다. 새로운 생명 과정을 예고한 셈이다.

이제 우리는 작은 결론을 지을 수 있을 것 같다. 『들풀』을 통해서, 다음과 같은 것을 알 수 있었다. 루쉰이 스스로를 추방하였을 때, 혹은, 사회 전체가 그를 추방하였을 때에, 그는, "이미 존재하는 것"과 "장차 존재할 것", "천당", "지옥", "황금세계", "구걸"과 "보시", "희망"과 "절망", "학문, 도덕, 민의, 공의" 등 [타자에 의하여—옮긴이] 독점되어 있는 일체의 담론, 논리, 경험……을 거부하고 포기하였다. 다시 말해서 그는, 기존의 언어 질서, 사상 질서, 사회 질서를 총체적으로 회의하고 부정하고 거부하였다. 그는 '유'有를 철저하게 비웠다. 불교식으로 말하자면 "집착"有所執에서 벗어나고자 하였다. 이리하여 그에게는 "어둠", "공허", "무위", "육박"……만 남았고, 그런 가운데서 스스로를 최대한도로 짐 지우고 훼멸하려 하였다.

그렇다면 루쉰은 너무 어둡지 않았나? 그렇지만 우리는, 그가 들어선 "암흑"의 세계, "공허"한 세계가 결코 우리가 상상하는 것처럼 아무것도 없는 그런 것은 아니었다는 데에 주목해야 할 것이다. 사실 그것은 아주 풍부한 세계, 보다 크낙한 '유'有의 세계였다. 현존하는 모든 것을 거부함으로써 '무'와 '공'空에 이르고, '무'와 '공'으로부터 보다 큰 '유'와 '실'實에 도달하였다. 그것은 하나의, 생명 과정이었다. 만약 어둠을 떠맡은/짊어진 루쉰만 보고 떠맡은/짊어진 뒤의 "평안하고" "기꺼워하고" "크게 웃고" "노래하는" 루쉰을 보지 못한다면,『들풀』을 제대로 이해하지 못할 것이다. 어둠을 떠맡음으로써 루쉰은 그 무거움에 시달렸다. 그렇지만 그것이 그 자신의 생명을 보다 풍부하고 크낙하고 자유로운 경지에 도달할 수 있게 하였다. 루쉰의『들풀』을 읽을 때에 우리는 이 두 가지 측면을 틀어쥐어야 할 것이다. 그렇지 않으면, 오해를 할 수 있다.

마지막으로, 루쉰은 자신의 생명철학을, 결과를 셈하지 않고 희망을 품지 않은 채로, 언제까지고 쉼 없이 "앞을 향하여 나아간다"는 절대 명령으로 귀납하였다. 이것이 그의 삶을 부단히 확장될 수 있게 한 활력이었다. 이것이 생애 마지막 10년에 걸친 루쉰의 삶으로 이어진다.